文春文庫

タイムマシンに乗れないぼくたち

寺地はるな

文藝春秋

目次

コードネームは保留　7
タイムマシンに乗れないぼくたち　47
灯台　79
夢の女　101
深く息を吸って、　153
口笛　173
対岸の叔父　201
解説　森川すいめい　232

イラスト　せきやよい
デザイン　野中深雪

タイムマシンに乗れないぼくたち

初出

「コードネームは保留」　「別冊文藝春秋」　二〇二〇年一月号
「タイムマシンに乗れないぼくたち」　〃　二〇二一年五月号
「灯台」　〃　二〇二〇年十一月号
「夢の女」　〃　二〇二〇年七月号
「深く息を吸って、」　〃　二〇二〇年三月号
「口笛」　〃　二〇二〇年九月号
「対岸の叔父」　〃　二〇二一年十一月号

単行本　二〇二二年二月　文藝春秋刊
＊文庫化にあたり、一部収録順を変更しました

コードネームは保留

コードネームが必要だった。南優香《みなみゆか》という戸籍上の名前ではない、友だちからつけられたあだなでもない、ペンネームでもラジオネームでもなく源氏名でもウェブ上のハンドルネームでもなく、コードネームだ。殺し屋にはコードネームが必要だ。

殺し屋。暗殺者。アサシン。刺客。なんでもいい。どうせ実際に殺すわけではない。設定としての殺し屋になる。そう決めたのだ。

どうせならばかっこいいコードネームがいい。強そうで、冷酷そうな感じがいい。たとえばそう、デス・クロコダイルみたいな。あるいはレッド・スティングレイみたいな。いやそれはかっこよくない。むしろすこぶるださい。なし。今のなし。

なしなし、と呟《つぶや》きながら、わたしは手帳に「コードネーム：保留」と書きこむ。それについては「これぞ」というものが見つかったらでいい。

午後の始業、五分前を告げる曲が流れ出したから、いそいで手帳を閉じた。

だんだんたのしくなってくる～　ドレミファ藤野音楽堂《ふじのおんがくどう》～♪

入ったばかりの頃は、この曲が流れるたびにクソだささい会社に入っちゃったなと胃がしくしく痛んだ。

藤野音楽堂は駅前の商店街の端にある楽器店だ。店の奥に事務所が、二階に貸スタジオと児童向けの音楽教室があり、わたしはおもにこの事務所で一日を過ごす。

『経理事務　若干名』という求人を出していたこの会社の面接を受けたのは三年前のことだ。アットホームな雰囲気の、と書いてあるところからして、やばさがびしびし伝わってきた。でも失業給付をもらえる日数もそろそろ残り少なくなっていたし、とにかく再就職先を決めなければならない局面に来ていた。

社長と副社長（社長の妻）による面接の際に「音楽は好き?」と訊かれて「いえべつに」と正直に返事をしてしまったので不採用になるだろうと思っていたが、あっさり採用されてしまった。たぶん、ほかに面接を受けに来た人間がいなかったのだろう。

件《くだん》の「だんだんたのしくなってくる」という曲の作詞・作曲をしたのは社長らしい。かつては作曲家を目指していたのだが夢破れて実家のミシン販売会社を継ぎ、ミシンのついでに楽器を扱いはじめて、そのまたついでに社名を「株式会社藤野」から「株式会社藤野音楽堂」に変更して、現在に至る。今では近隣の幼稚園や小学校に納入する鍵盤ハーモニカやリコーダーが、会社の売上の九割を占めている。

そういった経緯については専務（社長の息子）が教えてくれた。息子といってもう五十代だ。会社の女性従業員をうちの女の子たちと呼ぶし、「嫁の貰い手」などの死語を連発する。

午後の始業時間を一分過ぎたところで、「女の子たち」がにぎやかに事務所に入ってきた。セーフ、などと言っている。ちっともセーフではないのに、専務はにこにことそんな彼女たちを眺めているだけだ。

事務所の隅の給湯コーナーに陣取って、今日のランチはよかったとか、また行こうだとか、ぺちゃぺちゃ喋っている。めいめい手にしているマグカップはおそろいで、毎日粉末のココアだとか抹茶ラテだとかを飲む。

「女の子たち」はいつも四人で昼休みを過ごす。楽器売り場の販売員がひとりと、音楽教室の受付がひとり。あとのふたりは企画と営業だ。藤野音楽堂の生徒を募集したり、演奏会などのイベントの企画を担当しているのだ。

「年齢の近い人同士気が合うんだよ、ただそれだけ」

いつだったか山本《やまもと》さんが、わたしにそう言ったことがある。いつもひとりで昼食を食べているわたしを気遣ったつもりだったのだろうが、言っている途中でわたしも彼女たちと同じ二十代だということにあらためて気づいたらしく、かえって気まずい沈黙が漂った。

「どっちにしろわたしは昼休みに外に出られないんです」

その説明は山本さんへの配慮だ。けっして虚勢ではない。

「電話番があるので」

山本さんはほっとしたように「そうだね、そうだよね」と何度も頷《うなず》いていた。

「女の子たち」に自分が含まれていないことは、べつだん悲しいことだとは思っていない。仲間外れにされているわけではない。仕事上のやりとりは問題なくできているし、挨拶とか、今日は寒い（or暑い）ですね、程度の会話はしている。それでじゅうぶんだ。

山本さんはおもに小学校をまわる営業を担当している男性で、如才ないというか、にこにこしながら他人の毒気を抜くことに長けているというか、クレームへの対応がじつにうまい。

以前、「買ったオカリナが吹けども吹けども音が鳴らない」といって店にどなりこんできた客に、たまたまそこに居合わせた山本さんが応対したことがあった。

クレームを言う人はクレームを言う行為そのものが目的みたいなところがある。店の奥の事務所までオカリナがいかに鳴らないかということについての罵声や奇声が聞こえてきた時「こりゃあ長引くな」と思った。わたしはクレーマーの第一声でだいたいの滞在時間がわかる。

しかしオカリナ鳴らないおじさんは五分もたたないうちに静かになり、わたしが様子を見にドアから顔を出した時にはもういなくなっていた。

こっそり覗いていたら「女の子たち」のひとりが、山本さんに何度も頭を下げていた。どんな手を使ったんですかとあとで訊いたら、山本さんは「普通に話してただけだよー」とへらっと笑っただけだった。

そんな山本さんはしかし、来月末に退職する予定になっている。今は社会全体が貧しくなっていてのんきに楽器をたのしむ人間なんかいない、子どもの数だって減っているんだから音楽教室にも生徒が集まらない、つまり藤野音楽堂には未来がない、というのが口癖だった。去年ぐらいからこっそり転職活動を続けていたというからじつに抜け目がない。

山本さんが転職先に選んだ不動産販売の会社に「未来がある」かどうかははなはだ疑問だったが、まあ藤野音楽堂よりは良いと判断したのだろう。楽器に触れないと生きていけない人より、住むところがないと困る人のほうがたぶんずっと多い。

山本さんが会社を辞めると聞いた時、まず最初に「小野塚《おのづか》さんが悲しむだろうな」と思った。

小野塚さんは藤野音楽堂専属の調律師をやっている女性だ。「うちの会社は古い男ばっかりだけど、山本くんは違うよね」と、ずいぶん買っているふうだった。「女の子たち」にたいしては、総じてきびしい。小野塚さんは日中外に出ていることが多いからあまり顔を合わせないはずなのだけれども。

背後で「女の子たち」がどっと笑う。なにかおもしろいことがあってもなくても、彼女たちはいつも笑っている。

「山本さんの後任、決まったんですか」

会計ソフトにレシートを入力しながらわたしが小声で問うと、山本さんは手帳になにかを書きつけながら「うん。決まったみたい」と頷いた。

山本さんの後任の求人をハローワークに出しているのになかなか面接の申し込みが来ないと専務が嘆いていたのだが、知らないあいだに社員候補を見つけていたらしい。

「なんか社長たちの親戚の子だって」

親戚だってよ。うんざりしながらわたしはキーボードを強めに叩く。アットホームというより、もはやホームじゃないのか、ここは。

「送別会、南さんも来てくれるんだよね」

彼女たちが事務所を出ていったあとで、山本さんが言った。

「はい」

「やった。ありがとうね、南さん」

山本さんがやたらとわたしにかまうのは、「異性を感じないから喋りやすい」からだそうだ。もしゃっとした頭髪の感じが実家の犬に似ていると言われたこともある。いずれの言葉にもわたしは「あ、そうっすか」で応じる。殺し屋は自分のことをべらべら他人に喋ったりしない。

わたしは残業をしない。ポリシーというわけではなく、単に残業を要するほどの仕事量ではないからだ。月に一度の税理士の訪問日だけ、すこし忙しい。それだって領収書の綴りを手渡したり会計ソフトを開いてみせたりするだけで、大事な話はぜんぶ社長がする。

十七時二分に会社を出た。駅に向かう途中、誰かが背後からけっこうな勢いでぶつかってきた。

「邪魔！」

後方からぶつかってきた男は、肩からずり落ちたショルダーバッグをかけなおし、わたしを追い抜いていく。以前にもこうやってぶつかられたことがあった。同じ男のような気がするが、定かではない。

けっして狭くはない歩道の、ずいぶんはじっこを歩いていたつもりだった。人さし指と親指でつくった輪っかごしに、遠ざかっていく背中を観察する。ショルダーバッグの男が今度は歩道を歩いていた女子高生の肩にぶつかるのを見た瞬間に、頭の中で引き金を引いていた。男の頭がぱーんとはじけて、胴体がどさりと歩道に倒れる。

現実の男はどんどん歩いていき、角を曲がってわたしの視界から消えた。

駅のエスカレーターを見上げてから、階段をのぼりはじめた。音を立てずに、しかしすばやく。「寡黙かつ敏捷《びんしょう》」というのがわたしの殺し屋の基本イメージであり、それに添って行動しなければならない。

殺し屋は夕飯を買いにコンビニに寄ったりするのだろうか。吊り革につかまり、左右に身体を揺らす。そりゃあコンビニぐらいは行くだろう。食べないと身体がもたないし、お腹が空いているとふらふらするから銃の照準を合わせられないではないか。

でもなにを食べるのか、それがわからない。お弁当は違う気がする。レジの横で売られているあのフライドチキンとかアメリカンドッグとか、ああいうのもイメージにそぐわない。

コンビニの陳列棚の前に立ってからも、わたしの逡巡《しゅんじゅん》は続く。おにぎりは違うけどサンドイッチならギリギリOKなのではないだろうか。お菓子はどうだろう。すこしは食べるのかもしれないが、じゃがりことかは買わなそうな気がする。殺し屋はじゃがりこを食べない。たぶんポテロングも食べない。キャベツ太郎など論外である。

迷いに迷って、結局牛乳だけを買って出てきた。殺し屋の設定は、ダイエットや節約にもなる。

わたしの住んでいるアパートは築二十五年の鉄骨造りで、騒音は気にならないが湿気が多いのが難点だ。

それからベランダが狭いことと、台所の壁のタイルが剝がれてきていることと、と数え上げればいくらでも出てきそうな気がして、このへんでやめておく。殺し屋の心を支配しているのはおそらく圧倒的虚無感。住居の快適さにはさほどこだわらないのに違いない。

狭いベランダに出ると、目の前は私鉄の高架だ。高架下の駐輪場は夜でも電気がついているから、寝る時に照明をすっかり落としても真っ暗にはならない。

天体望遠鏡でも買ってみようか。ときどき、そんなことを思う。故郷の町では肉眼でももっと星が見えた。自分の指で輪っかをつくって、片目をつぶる。星に興味があるわけではないが、見えないと思うと見たくなるのだ。

「コラア、おまえコラア」というわめき声がわたしの思考をぶったぎった。視線を落とすと、輪っかの中で男がふたり、言い争っている。どちらも酔っ払っているようだった。土地柄なのかなんなのか、わたしの住んでいる地域ではしょっちゅう酔っ払いに出くわす。

このアパートの立地からして、右隣が焼き鳥屋、左隣が一階から五階までぜんぶにスナックが入っているビルである。酔っ払い多発地帯と言ってもいい。

うるせえな、と感じるがさすがに殺したいとまでは思わない。まるく区切られた輪の中で動く人びとは皆なぜか非力な生きもののように感じられるのだ。

おそらくわたしはほんものの殺し屋にはなれないだろう。正直血とか苦手だし。

いいんだ設定なんだ、とひとりごちて、買ってきた牛乳をシリアルのボウルに注ぐ。

『天体望遠鏡　価格』で検索したら、思っていたより高かった。「スターゲイザー」というかっこいい商品名の天体望遠鏡が出品されているネットオークションのページを見つけた。スターゲイザー。すごくいい。それをコードネームにしてもいいかもしれない。デス・スターゲイザー。いややっぱりデスはいらない。とたんにださくなる。

ざくざくという咀嚼《そしやく》音が部屋に響き渡る。殺し屋はきっと、ひとりで食事をする時にいちいち「あじけないな」などとは思ったりしないだろうから、わたしも思わないようにしなければならない。


「設定を生きる」のははじめてのことではない。小学四年生の頃は宇宙人という設定で生きていた。

当時の担任は若い男性で、たしか勇気だか元気だかいう名前の、ポジティブエネルギーが全身から溢れ出ているような人だった。児童が昼休みに外に出て遊ばないのは不健康であるという考えに基づき、給食の片づけが終わると食休みもそこそこに生徒たちを校庭に追い立て、ドッジボールをやらせた。

雨の日以外、ほぼ毎日だった。わたしはできることなら教室で本を読んでいたかったのだが、そうそう仮病も通じないし、なによりクラス全体に「ひとりだけさぼることは許さない」という相互監視の姿勢が浸透していた。

苦痛に耐えるために編み出したのが、宇宙人という設定だったのだ。わたしは宇宙船の事故により地球に不時着した、遠い星の住人。

エスエフ的なものに疎《うと》かったので、ディテールはふんわりしていた。人間の子どもに化けて、こっそり地球の慣習や地球人の思考を調査・研究している宇宙人になりきり「このドッジボールという奇妙な習慣、これはなんのためにあるのか、調査する必要がある……」などと考えることで、なんとかつらい昼休みをやり過ごしていたのだった。

給食に嫌いな野菜が出た時も、「これが地球の『けんちん汁』なる食べものか……よし、ひとまず食べてみるか」と脳内でナレーションをつけることで乗り切った。

そんな工夫をしてもなお、通知表の所見欄には毎回「協調性に欠ける面があります」と書かれていた。

「どうしていつもそうなの、あんたは」

眉をひそめる母に、宇宙人の設定について説明してあげた。だから心配いらない、自分は平気だ、というわたしの言葉に、母の眉間の皺《しわ》はますます深まった。

現実と夢の区別がつかないほど小さな子どもじゃないでしょう、そんなごっこ遊びはやめなさい、ちゃんと自分と向き合いなさい、とのことだった。

ごっこ遊びなんかじゃなかった。しかし「ライフハック」という言葉を当時のわたしは知らなかった。その言葉をつかって説明したところで、どのみち母の理解は得られなかっただろうが。

山本さんの後任の社員は、山本さんの退職日の二週間前から出社して引継ぎをするはずだったが出勤日の前日になって「インフルエンザにかかりました」という電話がかかってきた。

信じられない、だって四月よ、とは副社長の言葉だ。男のくせにインフルエンザなんて情けない、根性がない、という意味不明な発言も飛び出した。四月だろうが、根性があろうがなかろうが、男だろうが女だろうが、インフルエンザにかかる時はかかる。

それから五日を過ぎても、後任の社員は出社しなかった。こんどは階段から落ちてけがをしたのだという。ここで働くのが嫌で嘘をついているんじゃないか、とみんなは噂し合った。いや副社長が入社に反対して揉めているのだ、という話もあった。いずれの噂もわたしの背後で飛び交うだけで、忙《せわ》しく電卓を叩くわたしがそこに自分の意見を添えることはない。殺し屋はのんきに噂話に興じたりしないからだ。

後任の社員がどんな人か、誰も知らなかった。調律師の小野塚さんは「社長の親戚だしけっこうおじさんなんじゃない」と予想し、山本さんは「たぶん病弱」とコメントした。インフルエンザにかかったというデータに基づいた推理だ。

「女の子たち」のあいだではどっちにしろ冴えない男だろう、ということで意見が一致している模様だった。

後任の社員の実体が明かされないまま、山本さんの送別会の日になった。わたしは今日もひとりで弁当を食べながら、スマホを開く。「スターゲイザー」という天体望遠鏡はもうとっくに知らない誰かに落札されてしまっているが、まだあきらめきれない。スターゲイザー。いい。スターゲイザー。声に出して言いたくなる。

送別会は藤野音楽堂の近くの割烹《かっぽう》で開かれた。料理はすでに専務たちが注文を済ませているそうだ。

「この会社ケチだから三千円のコースだよね。五千円のほうではないよね」

山本さんがわたしに耳打ちしてくるが、特に返事はしないでおく。殺し屋はいちいち二千円分の料理の差に目くじらをたてたりはしない。

調律師の小野塚さんの姿はない。今日行った家のピアノの調律が長引いているために遅れてくるらしい。来られないぐらい長引く可能性もあるという。

あーよかった、と「女の子たち」のひとりが呟くのが聞こえた。

「わたし、あの人苦手なんだ」

小野塚さんは結婚していて、七歳の娘がいる。本人曰《いわ》く「娘を産んでから、女性の社会的な立場についてすごく関心を持つようになった」とのことで、セクハラなどの問題にたいへん敏感な人だ。

「女の子たち」のひとりの受付担当の人が「小野塚さんにとつぜん怒られた」という話をはじめた。音楽教室の生徒である中年男性とのやりとり（「彼氏いるの？　いないの？　ひとりじゃさびしいでしょ？」「そうですねー」）を見ていた小野塚さんから「あなたがさっき言われてたことって完全にセクハラだよ、ちゃんと怒らなきゃだめだよ」とお説教されたとのことだった。

「おかしくない？　なんでわたしが怒られるの？」

あとの三人が「あー」と頷く。

なんでフェミニストの人っていつも怒ってるんだろうねと首を傾《かし》げる四人の視線がなぜかいっせいにわたしに向き、わたしがまっすぐに見つめかえすと、さっとそらされた。

「言ってることは正しいんだろうけどさー、いちいち喧嘩腰なんだもん」

「ああいうおじさんをじょうずにかわすのも仕事のうちだよね」

「そうそう。いちいち怒ってたらもう、キリないし」

「ほんとほんと」

彼女たちの話を聞けば「そういうふうに考えるんだなあ」と思うし、小野塚さんの話を聞いても「なるほどなあ」と思ってしまう。

けれども、どちらかに「わかる」という態度を示さなければ即座に八方美人の称号を与えられることもまた、わたしはよく知っている。

いつも「どっち派」かを表明しなければならない。あなたの考えはわたしと違うけど、でもあなたがそう考えていることについては理解した、というわたしのスタンスは、どうもある種の相手を不安にさせてしまうらしい。

だけどやっぱりわたしにとってそれはどうでもいいことなんだ、と手元にあったよくわからない小鉢をつつきながら思う。

だってわたしは孤独な殺し屋だから。そう思うことで、どちらにもなじむことができない自分を持て余さずにいられる。

小野塚さんが座るはずの、ぽつんと空いた席。よく見ると、ひとり分ではなくふたり分の空席がある。あれって誰の席ですか、と山本さんに訊《たず》ねると、ビールを飲んでいた山本さんは「お、よく気づいたね、南さん」と言って、わたしに人さし指と親指を立てたピストル状の両手を向けた。だいぶ酔っ払っているようだ。

「後任の藤野くんが今日ここに顔出すんだって」

「え」

いきなり飲み会に参加するというのは、けっこうハードルが高いのではないか。すくなくとも自分ならぜったいにいやだなと思いながら、わたしは人さし指と親指で輪をつくり、部屋を見回す。

「なにしてんの？」

山本さんが笑っている。ほんとうのことを説明しても、きっとあの日の母親のように「ばかじゃないの」と呆れるに違いない。山本さんは他人だし、如才なさが服を着たような人だからそこまでストレートな物言いは避けるかもしれないが、とにかく理解はしてもらえないだろう。

「視力回復トレーニングですよ」

「南さん近眼だっけ」

「はい」

俺もやろうっと、と山本さんが隣でわたしに倣《なら》うので、ふいに申し訳なさがこみあげてきた。すみません嘘です、と言いかけた時、スコープの先で襖《ふすま》ががらりと開いた。まるく切り取られた視界の中で、「遅れました、すみません！」とひとりの男性が声を上げる。黒目の大きな瞳がくるくると動いて、興味深げに室内を見回し、わたしと目が合うと即座に唇の両端をきゅっと持ち上げた。

きらきらきら。頭の中で、なにかきれいな音が鳴った。鳴った気がしただけかもしれない。音の正体はわからない。次の瞬間、男性の姿が消えた。驚いて指を開くと、男性の足元にハンカチや携帯電話や財布が散らばっているのが見えた。頭を下げた拍子に、リュックのなかみをぶちまけたらしい。

藤野すばる。星の名を持つ彼は、社長のお兄さんの孫らしい。引継ぎのために一緒に取引先をまわった山本さんによると「すこぶるつきにうっかりさん」だそうだ。名刺を出そうとしてぜんぶ床にばらまいたとか、昼に入った蕎麦屋《そばや》でどんぶりをひっくりかえしたとか、帰社するたびにうっかりエピソードが蓄積されていく。年齢は二十九歳、山本さんとひとつしかかわらないが、とてもそうは見えない。年をとるのもうっかり忘れているのではないのかと思うような、あぶなっかしい若さに満ちあふれている。

「南さん、しっかりフォローしてあげなよ。隣の席なんだからさ」

わたしにそう言い残し、山本さんは藤野音楽堂を去った。家買う時は連絡してよ、とも言われたが、しばらくその予定はなさそうだ。

フォローと言われても、事務所にいるわたしには外回りをする彼のフォローなどしようがない。せいぜい藤野すばるがコピー機の前でかたまっている時に操作方法を教えてあげたり、電話をとってあたふたしている時にペンとメモを差し出したりする程度のことしかできない。わたしがそうやって手を貸すたびに、藤野すばるはじつに屈託のない笑顔で「ありがとうございます南さん」と礼を言う。

昼休みがはじまって五分ほど過ぎたところで、事務所のドアが勢いよく開いた。今日は社長たちは社外のセミナーに出席する予定で、もう会社には戻らないことになっている。小野塚さんの調律の予定が変更にでもなったのかと顔を上げたら、藤野すばるが立っていた。

「あ、おつかれさまです。南さん」

会話の中に相手の名前をひんぱんに入れると心理的な距離が縮まる。以前『詐欺師のテクニック』という本を読んだ時にそう書いてあった。

でも藤野すばるは、おそらく無意識でやっているのだろう。そのような策士には見えない。自分と距離を縮めたがっているか否か、ということについてはなぜか考えがおよばない。策士なんかではないはずだ、というところでわたしの思考はとまる。

「今からお昼ですか、僕もです」

午後の約束が流れてしまったらしい。コンビニに寄ってきたらしく、白い袋を掲げた。海苔《のり》をのせたごはんにおかずなし、というわたしの弁当を一瞥《いちべつ》して「おっ、潔いっすね」とよくわからないことを言った。

「昼はごはんですよね。パンはだめです」

藤野すばるは椅子に腰かけ、おにぎりの包装をはがしはじめる。

「なんでパンはだめなんですか」

「おなかいっぱいにならないから」

はあ、と頷いて、わたしはごはんを口に押しこむ。弁当に手間をかけるぐらいなら一分でも長く朝は寝ていたい性質《たち》で、食パンを一袋と蜂蜜を持参して昼食にしたこともあるのだが、でも藤野すばるにはそれを知られたくない。

おにぎりの具はなにが好きなんですかとか、仕事はもう慣れましたかとか、なにか会話のきっかけとなる質問をしてみようかと口を開きかけた瞬間にまた事務所のドアが開いて、専務が姿を現した。忘れものを取りにきたらしい。

「お、すばる」

社長も副社長も専務も藤野なので下の名前で呼ばれている。いやそうでなくとも下の名前で呼びたくなるなにかが、藤野すばるにはある。

「おつかれさまです、専務」

専務は藤野すばるが手にしたおにぎりに気づいて、目を細める。

「もっとましなもん食えよ」

「今月金欠なんで」

「弁当つくってくれる女もいないのか、お前」

「なんで金ってつかったらなくなるんですかね？」

「結婚しろよ」

「でもこのおにぎりうまいんすよ」

ふたりの会話はまったく嚙み合っていない。

わざとだったら、この人すごい。おにぎりを食べている藤野すばるを横目で見やる。ピントのずれた回答をすることでこのハラスメントをやんわりかわしているとしたら、かなりの高等技術。でも海苔のかけらを唇につけてにこにこしている横顔を見ていると、違うような気もする。

専務はなおも「人間はひとりでいちゃだめなんだよ、そもそもひとりでは生きていけないんだ、ひとりが気楽なんてのはわがままですよ、少子化がとまりませんよ日本は」とどんどんぼやきのスケールを大きくしながら机の上の携帯電話をつかみ、事務所を出ていった。

「ひとりが気楽だと思うのはわがままなんですかね」

閉まったドアを見つめながら、わたしは箸を置く。まだ半分以上残っているが、もう食べる気がしなくなった。

「わがままではないと思いますけど、でもひとりってさびしいでしょ」

ひとりはさびしい。重たいかたまりが腹の底に沈む。なんか違う。それはなんか違う気がする。

アパートに戻るとほっとする。でも心細い時もある。ひとりはなるほど気楽で、すこしさびしい。でもさびしさを埋めるために誰かと一緒になるのは、それこそわがままではないのか。

人さし指と親指でつくった輪っかごしに専務の机を見ていると、藤野すばるが「あ」と声を上げた。

「それ、前もやってましたよね。なんなんですか？」

山本さんにそう言ったのと同じく、視力回復トレーニングです、と嘘をついてもよかった。でも藤野すばるには、ほんとうのことを話してもいいかもしれない。だって、この人なら「ばかじゃないの」と呆れたりしない気がする。

すこし悩んでから「設定です。ライフハックです」と答えた。

設定ってなんですか、と訊かれるに違いないと思っていたのに、藤野すばるは腕を組んで唸《うな》っている。

「なるほど」

「えっ」

「処世術ってことですよね。僕も仕事に行く気がしない時とかによく『会社員の役を演じてるつもり』で出勤するんです。それと同じですよね」

働きにいくのではない、今日いちにち会社員の役を演じるだけだ、と思うとけっこう楽しく働けて、ミスをしてもあんまり落ちこまずにいられるのだそうだ。

「そうです、そうなんです」

身を乗り出さずにはいられなかった。わかってくれた。わかってくれる人がいた。

「で、どういう設定なんでしょうか」

殺し屋です、と正直に答えたら、藤野すばるは「なんすかそれ！」と天を仰いで笑い出した。

「殺したい相手でもいるんですか？」

「そういうんじゃなくて」

こんどは藤野すばるがうんうん、と身を乗り出す。

「映画に出てくる殺し屋って、孤独で無味乾燥な暮らしをしてて、しかもそれをなんとも思ってない感じがして、なんかそういう、わたしもそういう心持ちでいられたら、いろんなことが平気になるような、そういう気がして。コードネームは保留のままなんですけど」

「南さん」

藤野すばるの目がまっすぐにわたしを見つめる。成人男性にはめずらしいほどに白目の部分が澄んでいる。ときめきとかそういうことを通りこして逆に不安になった。

「は、はい」

「南さんは、おもしろい人ですね」

そうですか、とわたしが声を裏返らせた時、机の上の藤野すばるのスマートフォンが鳴り出した。あ、やべ、と腰を浮かせるところを見ると、私用電話らしい。はいはい、うん、と話しながら、外に出ていく。いれかわりに「女の子たち」が戻ってきた。

あれはずるいよねー、と「女の子たち」が意味ありげに顔を見合わせている。

彼女たちは今日も給湯コーナーに直行する。カフェラテ、ココア、抹茶ラテ、いちごラテ。匂いが事務所内に充満した。社長たちが今日はもう会社には戻らないことを彼女たちも知っているのだ。午後の始業時間を過ぎてもまだ喋り続けている。

「ああいうのを人たらしっていうんだよ」

「失敗ばっかりしてるらしいのに、ふしぎとお客さんから苦情が来ないんだよね」

「顔がいいのもずるいよね」

藤野すばるの話をしているのだとわかった。ずるい、ずるい、と責め立てるようでいながら、語尾は愛らしくくるりと丸まっている。

ひとりが「このあいだ、シャツのボタンつけしてあげたら『堀田《ほった》さん器用だね、すごいね』って言われちゃってさー」と鼻の頭に皺を寄せた。

「ボタンつけぐらい誰でもできるよね」

「すばるくんって、ぜったい相手の名前呼ぶよね。おはよう誰々さん、誰々さんおつかれ、ってさ」

誰にたいしてもそうなのだ、と知ってもわたしの心は沈まない。おもしろい人ですね、と言った時の笑顔を、ゆっくりと反芻《はんすう》する。

「でも私、けっこうタイプかも」

ええー、とどよめきが起きて、うち一名の臀部《でんぶ》がわたしの椅子の背にぶつかった。あ、ごめん、という声が聞こえたが、わたしが振り返った時にはもう誰もこちらを見ていなかった。

そっか、あやみちゃんフリーだもんね、という声がした。「あやみちゃん」は片頰に手を当てて頷いている。爪はすべてうすい桃色に塗られていた。

「つきあっちゃえば？」

タイプかも、からフリーだもんね、で、即つきあっちゃえば、なのか。わたしは電話機のコードをいじりながらひそかに瞠目《どうもく》する。

「えー、どうしようかなー」

かわいらしく首を傾げるあやみちゃんの声は、明るく弾んでいた。

あやみちゃんこと古川《ふるかわ》あやみさんは一階の楽器売り場の担当で、専務は彼女を「看板娘」と呼ぶ。街で発行されているフリーペーパーに噂の美人店員として取材されたこともあるそうだ。

誰かとかぶるような名字でもないのだが、わたしが入社した時から彼女は「あやみちなにか、がきっとあるのだ。藤野すばるは、下の名前で呼びたくなるなにか、がきっとあるのだ。藤野すばると同じく。

そのなにかをわたしは持っていない。学生の頃からみんなに「南さん」と名字で呼ばれてきた。

ふわふわとした長い髪。華奢《きゃしゃ》な手足に長い睫毛《まつげ》。見れば見るほど、古川さんにはわたしの持っていないすべての要素が備わっている。

古川さんは翌日からさっそく藤野すばるに接近しはじめた。そうはいっても、露骨な感じはしない。わたしが観察しているからすぐにそうと気づいただけだ。以前より事務所に顔を出すようになったし、話しかける回数も増えた。

今だって、もらいもののお菓子をみんなで食べるタイミングでいつのまにか藤野すばるの隣に陣取っている。そこはわたしの席なんですけど、と言えない。社長たちのお茶を淹《い》れるのは事務員の仕事で、わたしは給湯コーナーからまだ離れられない。

「すばるさん、〇〇町のカフェ知ってます？」

ローストビーフ丼っていうのがあるんですよ、すばるさんお肉好きですよね、行きませんか、みたいな話をしている。ちょうど電話がかかってきたので、わたしは藤野すばるの返事を聞き逃した。

ローストビーフ丼、食べにいくんだろうか。歩きながらぼんやり思う。

古川さんも藤野すばるも、わたしと同じく定時にタイムカードを押した。挨拶もそこそこに、いそいで会社を出た。ふたりが一緒にいるところを見たくなかったから。

いくんだろう。わたしは知らなかったが藤野すばるはお肉が好きらしいし、そもそも古川さんのようなかわいい女の人に誘われて、断る理由がない。

下の名前で呼びたいと周囲に思わせるふたり。おにあいのふたり。

あれ以来、背後からぶつかってくる男には遭遇していない。今度見かけたら即警察に連絡してやろうと思っている。

このあいだ小野塚さんにこのことを話したら、彼女は「南さん、それは犯罪よ」ときびしい顔をしていた。

完全なる変質者よ、通報しなきゃだめよ、という話を聞きつけて、社長が寄ってきた。「そいつはねえ、ただのさびしい男ですよ」としたり顔で口を挟まれて、その時はじめてわたしの心に激しい怒りが湧いた。

自分のさびしさのために、他人に危害を加えてはならない。

電車に乗る気がせず、駅の周辺を意味もなくうろうろ歩いた。このあたりになにがあるのか、いまだによく知らない。毎日寄り道せずに帰るから知りようがなかった。

うちの近くにあるのとは違うコンビニを見つけて、なんとなく入ってみた。おにぎりの棚の前に立つ。鮭とわかめのおにぎりを買い求めてから「殺し屋はおにぎりを食べないのではないか」と考えていたことを思い出した。そういえばここしばらく、設定のことを忘れていた。

このままアパートに帰りたくない。いつものように外から聞こえる酔っ払いの怒号を聞きながらもそもそとひとりでこのおにぎりを食べるなんて想像もしたくない。

設定はもうきっと、わたしを救わない。そんな気がする。

よろよろと駅前のベンチに腰をおろした。ぼんやりと行きかう人を眺める。みんなすこし早足で、次なる予定に急いでいるように見える。

藤野すばるも、高校生も子連れの主婦も、携帯電話を片手に早口で喋っているあの男性も、古川さんも、あの人もこの人も、わたしにはみんな星みたいに見える。それぞれに輝いていて、とても遠い。

自転車に乗った高校生の後ろで、ふわふわの髪が揺れた。あたりはもうすでに薄暗くて顔はよく見えないが、あのスカートには見覚えがある。動くたび軽く揺れる、花のような。

古川さんはなぜかひとりだった。わたしに気づかずに通り過ぎていく。足元がかなりふらついていて、手にはなぜかワインの瓶が握られている。

なぜワインの瓶を、と訝《いぶか》しみながら、わたしは立ち上がる。ボトルのなかみは三分の一ほどしか残っていない。歩いているあいだに揺れたらしく、白く泡立ってとてもまずそうだ。

古川さんの身体が大きく傾いで、歩道に倒れた。側溝の網にヒールがひっかかって転んだのだ。放り出されたボトルから黄金色の液体が流れ出し、水たまりをつくっている。あとから歩いてきた会社員風の男性が、ものすごく迷惑そうな顔で古川さんをよけていった。

「あの、だいじょうぶですか」

「あれ、南さん」

みなみしゃん、と聞こえた。完全なる酔っ払いだ。思わず腕時計を見る。退社してからさほど時間は経っていない。古川さんはかなり酒に弱いか、よほどのハイペースで飲酒をしたか、あるいはその両方かだと思われる。

「藤野さんはどこにいるんですか」

「なんで南さんがここにいるの」

わたしたちはほぼ同時に口にした。

「帰り道なので、それであの」

わたしが喋っている途中で、古川さんがいきなり「いなーいー！」と叫んだ。

「え、え」

「すばるさんはここにはいないのー！」

通り過ぎる人がみんなこっちを見ている。

「とりあえず、起きませんか」

怪我はありませんか、というわたしの問いを聞き流し、古川さんは「うわストッキング伝線してる、最悪」と低い声で呟いて舌打ちした。会社にいる時とずいぶん違う。

「ローストビーフ丼を食べにいったのでは」

「肉は肉でも焼肉派なんだって」

あとあの人、とぎゅっと顔をしかめて、わたしの腕を掴んだ。きれいに塗られた爪が皮膚に食いこんで痛かった。

「彼女いるんだよ、最悪」

この人すぐ「最悪」って言うんだな、と呆れながら、わたしは古川さんの瞳から涙が零《こぼ》れ落ちるのをただぼんやり眺めている。

「あー、肉だったら僕もおすすめの店がありますよ」

それがあの時、わたしが電話を受けて聞き逃した藤野すばるの返事だったそうだ。

焼肉ですけどね、と続けて、すでに食べ終えたお菓子の包みを手の中でくちゃくちゃに揉んだり、空っぽの湯呑みに口をつけたりして落ち着かぬ様子だったという。古川さんが不審に思っていろいろ質問を重ねたらようやく「いや、僕の彼女がバイトしてる店なんです、じつは」と打ち明けられた。

転んだ時にぶつけたのか、古川さんは手の甲をすこしすりむいていた。とりあえず立ち話もなんだから、と目についたカフェに入って、絆創膏をはってやったり時折涙をこぼす古川さんにティッシュを差し出したりしながら、わたしは長い時間をかけて話を聞きとった。

藤野すばるはすこぶる無邪気に「じゃあ今日行きませんか、紹介したいし」とその店に誘ってきた。脈ゼロじゃん、と思ったらしいのだが、それでも彼女に興味があるので、古川さんは誘いを受けた。

タイムカードを押した藤野すばるは「あ、そうだ。南さんも誘いましょうよ」などと言い出し、古川さん曰く「山に登った人がヤッホーって叫ぶみたいに」両手を口もとに添えて、わたしを呼んだらしい。いそいで会社を出ることで頭がいっぱいだったわたしの耳にはまったく届かなかったが。

それは古川さんにとって、たいへん屈辱的なことであったらしい。ふたりで行くのだと思っていたら違った、ということが。

本人の言葉を借りるならば古川さんの「女としてのプライド」はそこで「完全にズタズタになっちゃって」、急に具合が悪くなったと言い訳して、藤野すばるの前から走り去ったという。

その後「なんか急激にいろいろどうでもよくなってきて」目についたコンビニでワインを買って公園のベンチでラッパ飲みしていたら、へんな男が寄ってきてしつこく話しかけられたのでますますいやな気分になり、場所を移そうと歩いていたところで転び、そこにわたしが現れた、という経緯だった。

古川さんの話は時系列に沿っておらず、句読点がわりに「最悪」をはさんでくるのでたいへんわかりにくかったが、要約するとそういうことのようだ。

「ひどいよ」

古川さんがぽつりとつぶやく。それから、すっかり冷めてしまったココアを一気にごくごく飲み干した。

「ひどくはない、と思いますけど」

嘘をついたわけでも、古川さんになにかひどいことをしたわけでもない。わたしが慎重に口をはさむと、古川さんの唇が尖った。

「南さんさ」

「はい」

「前から思ってたけどなんで敬語なの」

同じ年齢だが会社に入った時期が一年ほど遅いからだ、と説明しても、古川さんの唇の形状は変わらなかった。

「南さんだけ私のことあやみちゃんって呼んでくれないし」

「いやそれは、なれなれしいかなって思って」

「自分の名字が嫌いだから下の名前で呼んでってみんなに頼んでるのに。それ知ってるでしょ」

「いや知りません、知りませんでした」

わたしはあわてて首を振る。

「名字で呼ばれるたびに距離を感じる。南さんって、私たちのことバカにしてるでしょ」

「え、してないですよ」

「もういい。南さんもすばるさんもみんなひどい」

からまれている。ようやくわたしは気づく。これがからみ酒というものか。噂には聞いていたがかなりうっとうしいものだ。居心地の悪さを抱えながら、わたしは冷めきったコーヒーに口をつける。

「南さん、すばるさんのこと好きだよね」

すこしずつ酔いがさめてきたらしい。古川さんが強いまなざしをわたしにあてる。

「古川さんも、ですよね」

タイプかも、つきあっちゃえば、という思考のスピーディーさから、もっと軽いものを想像していた。ゲーム的ななにか。でもその程度の気もちなら、ここまで泣くわけがない。

「好きだった、かな」

もう過去形なのか。古川さんは肩をすくめた。

「もういいや、すばるさんは」

「もういいんですか？」

「だって彼女いるし」

私これでも略奪とかぜったいしないタイプだから、と続けて、かすかに鼻を鳴らした。

「自分のこと好きになってくれない人を好きになったって、意味ないから」

「そうでしょうか」

自分の好きな人が自分を好き。わたしにとって、それはもう奇跡に近い状況なのだが、古川さんは今までそうではなかったのだろうか。

「え、南さんはそういう報われない恋とかしちゃうタイプなんだ」

「報われない……？」

どういう状態を「報われる」と呼ぶのか、それもわからない。「つきあう」をおこなえば、それで報われるのか。

好きな人の特別な存在になりたいんだよ、だから彼女になれなきゃ意味がないの、だって男とは友だちになれないんだから、と古川さんはなおも言いつのる。

「はあ……」、「へえ……」と鈍い反応しかしないわたしに苛立《いらだ》ってもいるようだ。

「南さんは違うの？」

古川さんが金切り声を発して、テーブルをばしっと叩いた。隣のテーブルの学生ふうの男女がこっちを見て、意味ありげな目配せをしあう。

「ええと、わたしは自分の好きな人の……」

「うん」

「好きな人の……ええと」

好きな人のなにになりたいのか。それはとてもむずかしい質問だった。

でも、好きな人にどうあってほしいか、ということならばすぐに答えられる。

「好きな人に、ちょっといい枕で眠ってほしいとよく思います」

古川さんの口がぽかんと開く。

「は？」

藤野すばるに、好きなものでおなかをいっぱいにしてほしい。蚊に刺されにくい体質になったり、コンビニのくじでちょっといいものが当たったり、お店に入ったら自分の好きな音楽がかかっていたり、そういう日々を送ってくれたらいいと思っている。その隣にいるのがわたしではなくても。

はあ、と今度は古川さんが鈍い反応を示す番だった。覚えがある。自分の言っていることがぜんぜん伝わってないな、というこの、手ごたえのなさ。母と同じだ。

それでも、口に出してよかった。たとえわかってもらえなくても、あらためて言葉にすることで、自分の感情が今たしかな形状と色を持った。

わっかんないなー、と呟いて、古川さんは頭をがしがしと掻《か》いた。ふわふわの髪が乱れる。会社ではついぞ見ることのない仕草を連発する古川さんもまた、なにかの設定や役で生きているのだろうか。「女の子たち」「看板娘」という期待に添うような。

「そもそも、なんで『男とは友だちになれない』んですか」

性別が同じだからといって、わかりあえるわけでもない。だってテーブルをはさんで向かい合っているのに、わたしと古川さんはこんなにも遠い。

「私は南さんとは違うもん」

古川さんの目が一瞬ちかっと光って、それからゆっくりと伏せられる。

「南さんって、ふつうに男の人とも友だちになれるタイプでしょ……あ、そっか、そういえば山本さんとも仲良かったもんね。南さんみたいにちゃんと自分の世界を持ってて、ひとりでもいつも堂々としていられて、そういうのってかっこいいよ。でも私は違う。だから私は誰かの『特別』になって、それで」

ちゃんとあいされたいんだもん。唇からふいにこぼれ落ちたような、切実な声だった。

ひとりはさびしいでしょ。藤野すばるがそう言った時、なんか違う、と思った。でもさっき古川さんが言った、「ひとりでいられてかっこいい」という言葉もまた、わたしの実態とはぜんぜん違う。

こんなわたしであっても、もしかしたら古川さんの目にはそれなりに輝いて見えていたのだろうか。同じ空間にいても互いの実態すら知り得ない。わたしたちは星と星みたいに遠い。そう考えて、息を吐く。遠い。でも。

「古川さんのことはかわいくて素敵な人だと思っています」

腕を組んでそっぽを向いた古川さんの頰がうっすらと染まっていた。爪と同じ色で、とてもきれいだ。

「嬉しくないよぜんぜん」

星と星みたいに遠い。けれどもお互いがそこにいると知っていれば、それでじゅうぶんだ。こんなふうにときどき交信できたら、なおいい。

ひとりはさびしいのでもかっこいいのでもなくて、ただのひとりだ。そのひとりの時間を存分に慈しむのも悪くないのかもしれない。やり過ごしたり、ごまかしたりするんじゃなく。

やっぱり天体望遠鏡を買おうかな。そう呟いたら、古川さんが「え?」と怪訝《けげん》な顔をした。手帳の「コードネーム：保留」を「不要」に書きかえなければならないなと思いながら、わたしは古川さんのまだうっすら染まったままのきれいな頬を見ていた。

タイムマシンに乗れないぼくたち

博物館に閉じこめられた空気は、外の世界の空気より、ずっと重い。はじめて来た日からそう気づいていた。ラジオ体操の最後みたいに、大きく息を吸って吐く。外の空気にはいろんなものが混じっている。土の匂い、給食室から流れてくる匂い、他人の吐いた息、山の上の工場から出る煙。草児《そうじ》が今住んでいる場所は、前に住んでいた場所より土の匂いが薄い。かわりに排気ガスとほこりの匂いの割合がぐっと増えた。

博物館の空気はそのどちらとも違う。「なんの匂い」とひとことで言い表すことができない。似ているというわけではないが、墨汁の匂いを思い出す。どっちも嗅ぐとしんとした気持ちになるから。

骨の匂いかもしれない。すでに何度も見たマンモスの復元模型の前からゆっくり離れながら草児は考える。骨の匂い。あるいは古い紙の匂い。

十二年の人生で得た知識と記憶を脳のあっちこっちから引っぱり出してきて、ようやく「やっぱり骨の匂いだろ」と結論づけた。もっと小さかった頃に父に連れて行かれたお寺の納骨堂の匂いにも似ている。

結論づけて、すっきりしたところで骨格標本のコーナーに移動した。はじめてここに来た時には、なにやらおそろしいような感じがしたものだった。あの長い耳とフワフワの毛を持つ可愛らしいうさぎやリスが、骨だけの姿になると邪悪でどう猛な生きもののように見えてくる。今にもガラスをぶちやぶってこちらに飛びかかって来そうだし、荒い息遣いすら聞こえてきそうだ。

その隣にいる亀の骨格標本を見ると、草児がばくぜんと想像していた「首と思われる部分」よりもずっと亀の首が長いことがわかる。恐竜じみた首の骨はドーム状の骨につながっている。これを見るまで、亀は甲羅に覆われた部分には骨がないのだと思いこんでいた。だってあんなにかたい甲羅があるのだから、骨などいらないだろうと。いや、骨があるのかどうかすら考えたことがなかったかもしれない。けれども、ちゃんとあるのだ。見えなくても、そこにある。

見えないという点では甲羅のない自分の身体も一緒なのだが、人間の骨の存在はいちおう皮膚の上から触ってたしかめることができる。

手の甲を、もういっぽうの手の親指でぐりぐり押してみる。かすかな痛みと、ぐねぐね動く皮膚。なまぬるい体温。たくさんの死に囲まれた部屋では、生きている自分は異物だ。死んだものたちは、けれども、異物である草児を排除しない。かといって受け入れてくれるというわけでもない。ただ互いに、そこにある。

フーファ。

ふいに、背後でへんな声がした。フーファー。また聞こえた。おそるおそる振り返ると、男が立っていた。おじさんと呼ぶには若すぎ、お兄さんと呼ぶにはちょっと疲れている。草児には大人の年齢がよくわからない。父よりはあきらかに若く、今年二十八歳だという担任よりはすこし上に見えるから、三十歳から四十歳のあいだといったところだろうか。それならやっぱりおじさんだ。紺色のスーツを着て、片手には黒い鞄を提げている。書道セットのケースぐらいの厚みだと、目で測った。

男は天井から吊り下げられたムササビの骨格を見上げて、また「フーファ」と言った。もしかしたら「うーわ」と言っているつもりなのかもしれない。どっちにせよ、おじさんが発する声としては、ずいぶんと間が抜けていた。

「なんか、これ、気持ち悪いけど見ちゃうよな」

男はムササビから草児に視線を転じて笑いかけてくる。草児は答えずに、早足で男の脇を通り過ぎた。いきなり子どもに話しかけてくるような大人はもれなく変態か変人だと思えと母に言い聞かされている。

どのみちあと数分で閉館の時間なのだ。十二歳以下の子どもは入場無料で毎日のようにここに来ているから、よく知っているんだ、おれは詳しいんだと思いながら、出口を目ざしてずんずん歩く。

博物館は公園の東側にある。市内では二番目に広い公園らしい。この時間は犬の散歩をする人と、こすれあうとシャカシャカという音がする服を着て走っている人と、なにをしているんだかよくわからない人とが行き交う。

子どもの姿はほとんど見えない。園内マップには、公園の南側に「こども広場」と書いてあるから、おそらくはそこに集っているのだろう。

この街に引っ越してきて三か月経ったが、草児はいまだに、一度もその広場に行ったことがない。

同じクラスのやつらが来ているかもしれないという想像が、草児の足を竦《すく》ませる。彼らは草児に出ていけと命じたり、石を投げたりはしないだろう。きっと、ただ遠巻きに見ている。もし草児が自分たちが使っている遊具に近づいたらそっと離れ、草児にはわからない話をはじめる。避けられていることに気づかないふりをしつつ必死で彼らの話し声に聞き耳を立てる想像の中の自分はみじめでみっともなくて、頭をかきむしりたくなる。みじめなのは教室の中だけでじゅうぶんだ。

前に住んでいた家は、山を背にして立っている一軒家だった。新しい家はマンションだ。どこもかしこもピカピカしていると草児には感じられるが、もう築十五年だそうだ。自分が生まれる前からここにある。

十五年前にこのマンションを買ったのは草児の祖父母だ。

「おじいちゃんが働いていた会社は、日本中に支社があったからね、お母さんなんか小学校だけで三回転校してるんだよ。でもそうやってあちこちに住んだおじいちゃんとおばあちゃんは、この街がすごく気に入っちゃって。定年退職後にここに住むことにしたわけ。海が近くて、きれいなところでしょ」

いつかそう話してくれた母は、おそらく今日も真夜中に帰宅するだろう。それまでは祖母とふたりきりで過ごさなければならない。祖父は何年も前に死んだ。草児は片手で数えられる回数しか祖父と会ったことがない。

祖父と祖母が「すごく気に入った」という、この街。草児が住んでいた町とはぜんぜん違う。大きな港があり、博物館を有する広い公園がある。街の有名な建物はどれも古いが、その古さは欠点ではなく美点として扱われており、たいてい「歴史ある」「由緒ある」といった冠をかぶせられている。

本や、花や、パンや、そんなものだけを売る小さな店がそれぞれに存在することも、店頭にあたりまえのように英語の看板が置かれていることも、草児を臆《おく》させる。

草児が住んでいた町では、本や花やパンはスーパーマーケットやショッピングモールでいっしょくたに売られているものだった。スーパーマーケットは近いが、ショッピングモールに行くには車に乗らなければならない。

マンションのインターホンで部屋の番号を呼び出す。鍵はもっていない。祖母はいつものように、無言で自動ドアを開ける。小さなモニター画面にうつった自分を、祖母はどんな顔で見ているのだろう。いつものように無表情なのだろうか。

祖母の笑った顔は、ほとんど見たことがない。けっして不機嫌なわけではないようだが、まだ慣れない。親子なのに祖母と母は似ていない。母はどうでもいいことで笑うし、泣くし、声がでかいし、遠い国でテロが発生しただけでおろおろしたり通りすがりの人と意気投合してしまったりする。

もっとも親子なのに、と言うなら、自分だって父にも母にも似ていないのだが。

「すぐにごはんでいい」

洗面所で手を洗っていると、祖母が声をかけてきた。

「あ……うん」

「卵かける」

「ええと、うん」

祖母は、スーパーで卵を買った日はかならず草児にそう訊く。祖母が発する質問はいつもはてなマークがついていないように聞こえる。語尾が上がらないせいかもしれない。毎回、自分に質問されているかどうかがわからず、返答をためらう。

はす向かいに座って夕飯を食べたら、草児は宿題をする。祖母は本を読んだり、よくわからない手作業をしたり、テレビを見たりしている。草児、祖母の順に入浴を済ませたあと、草児は自分で寝床を用意する。二つ折りになったベッドを伸ばして掛け布団を整えるだけだが、用意は用意だ。

床に母の布団を敷いておくのも草児の役目だ。現在物置のようにつかっている北側の部屋を片づけて、そこを草児の部屋にする予定だが、肝心の片づけがいっこうにはじまらないので、草児は今も母とふたりで寝なければならない。引っ越してきた時からずっとそのままの段ボールや衣装ケースに囲まれた、狭苦しい部屋で。

マンションの天井にも壁にも、白い壁紙が貼られている。つるんと白いわけではなく、ペンキを重ねたようにでこぼこしている。でこやぼこにはいろんなかたちがある。葉っぱや魚。鳥の足跡。石川県もあれば愛知県もある。電気を消してしまうとそれらはみんな一緒くたになって、ただの白いかたまりになる。

白いかたまりを見上げながら、草児は前の家のことを考える。

「お母さんとお父さんが離婚しても、おれとお前が親子であることにかわりないんだからな」

駅に向かうタクシーに乗りこむ直前、最後に聞いた父の言葉だ。おたがいに手紙を書こう、と提案されたが、まだ一通も届かない。

会いにいけない距離ではないのだろう。草児には「遠い」と感じられるが、母も父もそうは言わない。県境をいくつかまたぐとはいえ電車で数時間の距離だということを、しつこいぐらいに強調していた。

むこうはむこうで「草児から連絡がない」とでも思っているのかもしれない。つめたい息子だと。同じ家に住んでいてもあまり言葉を交わさない父と子だった。父は夜勤のある警備の仕事についていて、家にいないか、いても寝ていることが多かった。

休みの日に出かける時は、いつも母とふたりだった。だから父のことを思い出そうとしても、草児の脳裏に浮かぶのは途中から父その人ではなくて彼が今も住んでいる家のことばかりになる。

古い家だった。ただ古いだけだ。歴史も由緒もない。

インターホンはついていたが、近所の人はみな勝手に玄関の戸を開けて、いるのかと大声で訊《たず》ねる。草児の友人の文《ぶん》ちゃんに至っては、自分の家みたいになにも言わずに靴を脱いで入ってきていた。

文ちゃんのことを考えると、今でも手足がぐったりと重くなる。そのまま身体が沈んでいきそうで、こわくなって掛け布団をぎゅっと握った。

文ちゃんとは保育園からのつきあいだった。身体がずんぐりと大きかった。ひょろひょろした草児と並ぶと、同じ年齢には見えなかった。文太《ぶんた》という自分の名を年寄りっぽいという理由で嫌っていた。

俺が草児を守ってやる、が口癖だった。足が遅いし、力も弱いから、俺が守ってやらないといけない、と。通りすがりにたまたまそれを聞きつけた一年生の時の女の担任が「わあ、頼もしいね。草児くん、文太くんがいてよかったね」と声をかけてきて、先生がそう言うのならそうなのだろうとその時は思った。自分は文ちゃんに守られていて、それは幸せなことなのだろうと。

四年生になると、文ちゃんは文ちゃんのお母さんから一日百円のおこづかいをもらうようになった。その話を聞いた草児の母も、同じようにした。ふたりの母はいっしょにPTAの役員をやったりして、仲が良かった。

毎日百円を持って小学校近くのフレッシュハザマというスーパーマーケットに行く習慣がうまれた。最初のうちはうまい棒やおやつカルパスなどを買っていたのだが、文ちゃんは次第に、百円以上の菓子を欲しがるようになった。よほど腹が減っていたのか、菓子では飽き足らず、惣菜売り場の唐揚げなどに目を向ける日もあった。

でも金が足りないなあと言いながら横目でちらちら見られると、草児はなんだかそわそわしてきて、毎回自分の手の中の百円を差し出してしまうのだった。文ちゃんは礼を言うでもなく、それをぶんどっていく。

二百円で買った大袋入りのポテトチップスやポップコーンや唐揚げは、ぜんぶ文ちゃんが食べた。「百円出せよ」と脅されたわけでも、「百円くれよ」と泣いて懇願されたわけでもない。それでも、何度考えても、草児には文ちゃんに百円を差し出さずに済む方法がわからなかった。どうしても、わからなかった。

朝、学校で顔を合わせると、文ちゃんはいつもヨウッとかオオッとかなんとか言って、肩を組んできた。新しい学校には、そんなことをするやつはひとりもいない。正門をとおってから教室の自分の席に座るまで、草児は口を開かない。どうかすると下校の時間までだれとも喋らない時もある。喋ったとしても、先生に話しかけられたとか、消しゴムをひろってもらった礼を言うとかその程度のことだ。

隣の席の女子は、消しゴムを受けとった草児が「ありがとう」と言った時、あきらかにおどろいていた。効果音をつけるとしたら「ハッ」ではなく「ギョッ」というおどろきかただった。

転校してきた日、黒板に大きく書かれた「宮本《みやもと》草児」という文字の前で自己紹介をしている時、誰かが笑った。「なんか、しゃべりかたへんじゃない？」と呟《つぶや》いたのも聞こえた。

ひとりが発した笑い声は、ゆっくりと教室全体に広がっていった。風に吹かれた草が揺れているようだった。風はやがて止んだが、草児はもう口を開くことができなかった。黒板に書かれた「宮本草児」という名も他人のもののように感じられた。両親の離婚を受け入れたことと自分が母の名字を名乗ることになったことは、また別の話なのだ。

担任の先生は笑った生徒を注意するわけでもなく、自己紹介を途中でやめた草児に続きを促すわけでもなく、授業をはじめた。

強いものと弱いもの。頭のよいものとよくないもの。教室には異なる種の生物が共存している。くっきりと二分されているわけではなく、あるものは足がはやく勉強ができるが、性質がおとなしく、あるものはどちらもそこそこであるが空気をあやつるのがとてもうまく、声が大きい。力の関係は状況に応じて微妙に変化し、ぎりぎりのところで均衡をたもつ。均衡という言葉は最近、図鑑で覚えた。バランスと表現するよりかっこいい。

転校してくる前の草児が、そんなふうに考えたことは一度もなかった。世界はもっと、ぼんやりとしていた。自分がその世界の一部だったからだ。今は違う。世界と自分とがくっきりと隔てられている。ガラスだかアクリルだかわからないけど、なんだか分厚い透明ななにかに隔てられている。

そう思うことで、むしろ草児の心はなぐさめられる。自分はこの学校になじめないのではなくて、ただ博物館で展示物を見ているように透明の仕切りごしに彼らを観察しているだけ、というポーズでどうにか顔を上げていられる。

今日はひとことも喋らない日だった。授業でも一度も当てられなかったし、消しゴムも落とさなかった。木曜日はつまらない。博物館の休館日だからだ。

　家に帰ると、めずらしく母がいた。「シフトの都合」で、急きょ休みになったのだという。

　ビールでも飲んじゃいますかねえ、などと冷蔵庫をいそいそと開ける母は以前よりすこし痩せた。明るい時間に顔を合わせるのはひさしぶりだった。祖母はいない。買いものに行ったという。

　母はこの街に来て三日目に「仕事決まった！」とはしゃいでいた。百円ショップの店員となった母は、そのあとしばらくして「もっと稼がなきゃ」と言い出し、夜中の二時まで営業しているという釜めし屋の仕事を見つけてきて、昼も夜も働くようになった。たまに、売れ残りの釜めしを持ち帰る。それらはたいてい翌日の草児の朝食か、母の弁当になる。

　細長いコップに注いだビールを三口ほどで飲み干した母は、草児の視線に気づいて「へへ」と照れたように肩をすくめる。なにかをごまかすように「草ちゃんもなんか飲む？　麦茶とか」と訊ねる。草児は黙ったまま首を振った。

「じゃあ、宿題やっちゃいな、宿題」

　しぶしぶランドセルを開けた。母が肩越しにのぞきこんでくる。底のほうでぐちゃっと丸まっている『六年生だより』をつまみあげて、母は唇をへの字に曲げる。ごめんと言おうかどうか迷って、結局言わずにふでばこを取り出した。

しんとした部屋に、草児が計算ドリルに鉛筆を走らせる音だけが響く。祖母は草児が宿題をやっていてもおかまいなしにテレビをつけるが、母は背筋を伸ばして座り、草児の手元を見ている。遠慮しているのか、ビールにも口をつけない。

草児がすらすらというほどでもないがさして深く悩むこともなく順調に解答欄をうめていくことが、母はうれしいようだった。一問解くごとに、うんうん、とひとりで頷《うなず》いている。草児が宿題を終えると同時に、祖母が帰ってきた。ふたりの女は短く言葉を交わしながら、夕飯の準備をはじめる。洗ったり切ったり煮たり焼いたりをこなす彼女たちの立ち位置はくるくるめまぐるしく変わる。時には向かいあい、次の瞬間には背中合わせになる。せまい台所で、ぶつかることもなく、ダンスをしているかのように。だからといって、楽しそうに見えるわけではないのだった。

肉の焼ける、うっすらと甘い匂いがたちこめる居間で、草児は膝の上の図鑑を開く。

カンブリア紀になると「目」のある生きものがあらわれ、体が立体的になりました。

もう何度も読んだ図鑑の、古生代カンブリア紀のページをそっと指で撫《な》でてみる。

海の底をはって移動する暮らしから、泳いだりもぐったりするようになりました。それと同時に、生きものは、食べたり食べられたりするようになっていきました。オルドビス紀やシルル紀になると、カンブリア紀よりも泳ぎのうまい生きものがあらわれました。生存競争はさらに激しくなっていきました。

来年、草児は中学生になる。

生存競争はさらに激しくなっていきました。

草児は自分が「食べる側」になれるとは、どうしても思えない。勉強も運動も、できないわけではないが突出してできるわけではない。クラスにもなじめていない。「ありがとう」と言っただけで、岩かなにかが喋ったみたいにびっくりされているのだから。

お金のことなら気にしなくていいよ、と母は言う。不意打ちみたいに言ってくる。ふろ上がりの廊下ですれ違いざまに、あるいは、掃除機をかけながら。お母さんぜったい草ちゃんを大学まで行かせてあげたいんだよね、と。

「草ちゃんが将来、どこへでも、好きな場所に行けるように。お母さんががんばって働くし、働けるし、なんにも心配いらないからね」

母は高校を卒業したあとエスカレーター式に短大に進んで、就職した会社の研修先の工場で父と出会って、数年後に結婚したそうだ。父はというと、高校を中退してからずっと職場を転々としていたという。

「高校を中退した頃のあんたの父ちゃん、けっこうやんちゃだったよ」

にやにや笑いながらそう教えてくれたのは文ちゃんのお母さんだった。同級生だったそうだ。

やんちゃという言葉を辞書で引くと「子どもがだだをこねたりいたずらをしたりすること、またはそのさま」と書かれているが、文ちゃんのお母さんがそういう意味でつかっているのではないということは草児にもわかった。他人から金銭を巻き上げたり、煙草を吸ったり、自転車などを盗んだり、髪を奇怪な色に染めたりという意味であろうということぐらいは。

けれどもあの町では、それはさほどめずらしいことではないようだった。昔「悪かった」人が「今まじめに働いている」という状態は、もとからまじめな子どもがまじめなまま大人になってまじめに働いていることよりもずっとすばらしいことであるように語られていた。

「そういうとこについていけなかったんだよね」と母がこのあいだ、話していた。相手は草児ではなく祖母だったが、うっかり聞いてしまったのだ。

価値観の相違ってやつだね、とも母は言っていた。「価値観」という言葉も、「相違」という言葉も、もちろん知っている。だが辞書に書いてある言葉の意味として理解できても、それを今回の両親の離婚という結果にあてはめようとすると、とたんにわからなくなる。父と母のその、それぞれの「価値観」というやつが、結婚した時にぴったり一致していたとはどうしても思えないのだ。違った「のに」結婚して、違った「から」離婚する。草児には彼らのことがよくわからない。

「シフトの都合」で予定外の休みをもらった母は、同じ理由で休みがなくなった。十連勤だなんて冗談じゃないよとぼやいていたのは最初の数日だけで、半ば頃になると家にいる時は無言でテーブルにつっぷしているだけの、物言わぬ生物になった。祖母はなんだか近頃調子が悪いといって、日中も寝てばかりいた。

古生代の生物たちも、こんなふうに干渉し合うことなく、暮らしていたのかもしれない。同じ家の中にいても、ほとんど言葉を交わさない。母や祖母の気配だけを感じつつ、ひとりで食卓に置かれたパンや釜めしを食べた。

味がぜんぜんわからなかった。給食もそうだ。甘いとも辛いとも感じない。誰かと同じ空間にいても、人間は簡単に「ひとり」になるものだと、こんなふうになるずっと前から知っていた。

博物館の前に立ち、「本日休館日」の立て札を目にするなり、動けなくなってしまった。今日は木曜日だということをすっかり忘れていた。一色の絵の具で塗りつぶしたような毎日の中で、曜日の感覚が鈍っていたのかもしれない。

ワチャーというような声が頭上から降ってきて、振り返った。このあいだムササビの骨格標本を見上げていた男が草児のすぐ後ろに立っていた。今日は灰色のスーツを着ている。男の指がすっと持ち上がって、立て札を指す。ちょっと異様なぐらいに長く見える指だった。

「きみ知ってた？　今日休みって」

「うん」

男があまりに情けない様子だったので、つい警戒心がゆるみ「知ってたけど忘れてた」と反応してしまう。

「そうかあ」

中に入れないのならば、帰るしかない。背を向けて歩き出すと、男も後ろからついてくる。公園から出るには同じ方向に向かうしかないからあたりまえのことなのだが、気になって何度も振り返ってしまう。

「どうしたの？」

草児の視線を受けとめた男が、ゆったりと口を開く。なにを勘違いしたものか「なに？　腹減ってんの？」と質問を重ねる。違う。とっさに答えたが、嘘だった。腹は常に減っている。

男のアクセントはすこしへんだった。このあたりの人とも、草児とも違う。そのくせ、すこしも恥じてはいないようだ。

「あ、これ食う?」

書類やノートパソコンが入っていそうな鞄から、蒲焼さん太郎が出てきた。差し出されたそれを草児が黙って見ていると、男はきまりわるそうに下を向き、包装を破いて、自分の口に入れた。

「そうだよな、あやしいよな。知らないおじさんが手渡してくる蒲焼さん太郎なんか食べちゃだめだ」

しっかりしてるんだな、えらいな、うん、と勝手に納得し、男はベンチに座った。鞄から、つぎつぎとお菓子が取り出される。いくつかのお菓子には見覚えがあり、そのほかははじめて目にする。うまい棒とポテトスナックは知っているが、なんとかボールと書いてあるお菓子は知らない。

「あの、なんで、そんなにいっぱいお菓子持ってるの」

おそるおそる問う。この男は草児が知っているどの大人とも違う。男はすこし考えてから「さあ?」と首を傾げた。自分自身のことなのに。

「安心するから、かな」

うまい棒を齧《かじ》りながら、男は「何年か前に出張した時に」と喋り出した。帰りの新幹線が事故で何時間もとまったまま、という体験をしたのだという。いつ動き出すのかすらまったくわからなくて、不安だった。でも、新幹線に乗る前に売店で買ったチップスターの筒を握りしめていると、なぜか安心した。その時、思いもよらないものが気持ちを支えてくれることもあるんだな、と知った。あれは単純に「食料がある」という安心感ではなかった、たとえば持っていたのが乾パンなどの非常食然としたものだったらもっと違った気がする、だからお菓子というものは自分の精神的な命綱のようなものだと思ったのだ、というようなことをのんびりと語る男に手招きされて、草児もベンチに座った。いつでも逃げられるように、すこし距離をとりつつ。

草児が背負っていたリュックからオレンジマーブルガムのボトルを出すと、男は「なんだよ、持ってるじゃないか」とうれしそうな顔をする。自分のガムはただのおやつであって、命綱なんかではない。

やっぱへんなやつだ、と身を引いた拍子に、手元が狂った。容器の蓋《ふた》が開いてガムがばらばらと地面にこぼれ落ちる。草児は声を上げなかった。男もまた。映画館で映画を観るように、校長先生の話を聞くように、唇を結んだまま、丸いガムが土の上を転がっていくのを見守った。

気づいた時にはもう、涙があふれ出てしまっていた。頬を伝っていく滴は熱くて、でも顎からしたたり落ちる頃には冷たくなっていた。

どうして泣いているのか自分でもよくわからなかった。ガムの容器の蓋をちゃんとしめていなかったこと。博物館の休みを忘れていたこと。男が蒲焼さん太郎を差し出した時に蘇った、文ちゃんと過ごした日々のこと。

楽しかった時もいっぱいあった。

それなのに、どうしても文ちゃんに嫌だと言えなかったこと。嫌だと言えない自分が恥ずかしかったこと。別れを告げずに引っ越ししてしまったこと。

父が手紙をくれないこと。自分もなにを書いていいのかよくわからないこと。

今日も学校で、誰とも口をきかなかったこと。算数でわからないところがあったこと。でも先生に訊けなかったこと。

母がいつも家にいないこと。疲れた顔をしていること。祖母から好かれているのか嫌われているのかよくわからないこと。

いつも自分はここにいていいんだろうかと感じること。

男は泣いている草児を見てもおどろいた様子はなく、困惑するでもなく、かといって慰めようとするでもなかった。ただ「いろいろ、あるよね」とだけ、言った。

「え」と訊きかえした時には、涙はとまっていた。

いろいろ、と言った男は、けれども、草児の「いろいろ」をくわしく聞きだそうとはしなかった。

「いろいろある」

草児が繰り返すと、男は食べ終えたうまい棒の袋を細長く折って畳みはじめる。

「ところできみは、なんでいつも博物館にいるの？」

「だよね、いつもいるよね？」と質問を重ねる男は、草児がいつもいるとわかるほど頻繁に博物館を訪れているのだ。

「恐竜とかが、好きだから」

大人に好きなものについて訊かれたら、かならずそう答えることにしている。嘘ではないが、太古の生物の中でもとりわけ恐竜を好むわけではない。にもかかわらずそう言うのは「そのほうがわかりやすいだろう」と感じるからだ。そう答えると、大人は「ああ、男の子だもんね」と勝手に納得してくれる。

「あと、もっと前の時代のいろんな生きものにも、いっぱい、いっぱい興味がある」

他の大人の前では言わない続きが、するりと口から出た。

エディアカラ紀、海の中で、とつぜんさまざまなかたちの生物が出現しました。

体はやわらかく、目やあし、背骨はなく、獲物をおそうこともありませんでした。

エディアカラ紀の生物には、食べたり食べられたりする関係はありませんでした。

図鑑を暗誦《あんしょう》した。

草児は、そういう時代のそういうものとして生まれたかった。同級生に百円をたかられたり、喋ったただけで奇異な目で見られたり、こっちはこっちでどう見られているか気にしたり、そんなんじゃなく、静かな海の底の砂の上で静かに生きているだけの生物として生まれたかった。

「行ってみたい？　エディアカラ紀」

唐突な質問に、うまく答えられない。この男は「エディアカラ紀」を観光地の名かなにかだと思っているのではないか。

「タイムマシンがあればなー」

でも操縦できるかな。ハンドルを左右に切るような動作をしてみせる。

「バスなら運転できるんだけどね。おれむかし、バスの運転手だったから」

男の言う「むかし」がどれぐらい前の話なのか、草児にはわからない。わからないので、黙って頷いた。むかしというからには今は運転手ではなく、なぜ運転手ではないのかという理由を、草児は訊ねない。男が「いろいろ」の詳細を訊かなかったように。

男がまた、見えないハンドルをあやつる。

一瞬ほんとうにバスに乗っているような気がした。バスが、長い長い時空のトンネルをぬけて、しぶきを上げながら海に潜っていく。いくつもの水泡が、窓ガラスに不規則な丸い模様を走らせる。

視界が濃く、青く、染まっていく。

海の底から生えた巨大な葉っぱのようなカルニオディスクス。楕円形にひろがるディッキンソニア。ゆったりとうごめく生きものたち。自分はそれらをいちいち指さし、男は薄く笑って応じるだろう。バスは音も立てずに進んでいく。砂についたタイヤの跡はやわらかいカーブを描き、その上を、図鑑には載っていない小さな生きものが横断する。

そこまで想像して、でも、と呟いた。

「もし行けたとしても、戻ってこられるのかな?」

タイムマシンで白亜紀に行ってしまうアニメ映画を、母と一緒に観たことがある。その映画では、途中でタイムマシンが恐竜に踏み壊されていた。その場面は強烈に覚えているのに、主人公が現代に戻ってきたのかどうかは覚えていない。

男が「さあ」と首を傾げる。さっきと同じ、他人事のような態度で。

「戻ってきたいの?」

そりゃあ、と言いかけて、自分でもよくわからなくなる。

「だって、えっと……戻ってこなかったら、心配するだろうから」

草ちゃんがどこにでも行けるように、と母は言ってくれるが、タイムマシンで原生代に行って二度と帰ってこなかったら、きっと泣くだろう。

「そうか。だいじな人がいるんだね」

おれもだよ、と言いながら、男はゆっくりと、草児から視線を外した。

「タイムマシンには乗れないんだ。仕事をさぼって博物館で現実逃避するぐらいがセキノヤマなんだ、おれには」

「さぼってるの？」

男は答えなかった。意図的に無視しているとわかった。そのかわりのように「ねえ、だいじな人って、たまにやっかいだよね」と息を吐いた。

「なんで？」

「やっかいで、だいじだ」

空は藍色の絵の具を足したように暗く、公園の木々は、ただの影になっている。きみもう帰りな、とやっぱりへんな、すくなくとも草児にはへんだと感じられるアクセントで言い、男が立ち上がる。うまい棒のかけらのようなものが空中にふわりと舞い散った。


いつもと同じ朝が、今日もまた来る。

トースターに入れたパンを焦がしてしまって、家を出るのがすこし遅れた。教室に入って宿題を出し、椅子に腰を下ろすと同時に担任が教室に入ってきた。あー！　誰かが甲高い叫び声を上げる。担任はいつものジャージを穿《は》いていたが、上は黒いTシャツだった。恐竜の絵が描かれている。

「ティラノサウルス！」

誰かが指さす。せんせーなんで今日そんなかっこうしてんのー、と別の誰かが笑う。彼らは先生たちの変化にやたら敏感で、髪を切ったとか手をケガしたとか、そういったことにいちいち気づいて指摘せずにはいられないのだ。

「ちがう」

声を発したのが自分だと気づくのに、数秒を要した。みんながこちらを見ている。心の中で思ったことを、いつのまにか口に出していた。

担任から促されて立ち上がる。椅子が動く音が、やけに大きく聞こえる。

「ちがう、というのはどういう意味かな？　宮本さん」

「……それはアロサウルスの絵だと思います」

「なるほど。どう違うか説明できる？」

「時代が違います。ティラノサウルスは白亜紀末に現れた恐竜で、アロサウルスは、ジュラ紀です」

すべて図鑑の受け売りだった。

「続けて」

「えっと、どちらも肉食ですが、ティラノサウルスよりアロサウルスのほうが頭が小さい、という特徴があります」

ずっと喋らないようにしていた。笑われるのは無視されるよりずっとずっと嫌なことだった。おそるおそる目線だけ動かして教室を見まわしたが、笑っている者はひとりもいなかった。何人かは驚いたような顔で、何人かは注意深く様子をうかがうように、草児を見ている。

「ありがとう。座っていいよ。宮本さん、くわしいんだな。説明もわかりやすかったよ」

感心したような声を上げた担任につられたように、誰かが「へー」と声を漏らすのが聞こえた。

「じゃあ、国語の教科書三十五ページ、みんな開いて」

なにごともなかったように、授業がはじまる。

国語の次は、体育の授業だった。体操服に着替えて体育館に向かう。体育館はいつも薄暗く、壁はひび割れ、床は傷だらけで冷たい。草児はここに来るたび、うっすらと暗い気持ちになる。

体育館シューズに履き替えていると、誰かが横に立った。草児より小柄な「誰か」はメガネを押し上げる。

「恐竜、好きなの？」

「うん」

草児が頷くと、メガネも頷いた。

「ぼくも」

そこで交わした言葉は、それだけだった。でも誰かと並んで立つ体育館の床は、ほんのすこしだけ、冷たさがましに感じられる。


すこしずつ、すこしずつ、画用紙に色鉛筆で色を重ねるように季節が変わっていって、草児が博物館に行く回数は減っていった。

体育館の靴箱の前で声をかけてきた男子の名は、杉田《すぎた》くんという。杉田くんは塾とピアノ教室とスイミングに通っているから一緒に遊べるのは火曜日だけだ。そして、教室で話す相手は彼だけだ。それでももう、以前のように透明の板に隔てられているという感じはしなくなった。完全に取っ払われたわけではない。でも、透明のビニールぐらいになった気がしている。その気になればいつだって自力でぶち破れそうな厚さに。

「外でごはん食べよう」

帰宅した母が、そんなことを言い出す。突然なんなのと戸惑う祖母の背中を押すようにして向かった先はファミリーレストランだった。草児がそこに行きたいとせがんだからだ。

もっとぜいたくできるのに、と母は不満そうだったが、草児はぜいたくでなくてもよかった。ぜいたくとうれしいは、イコールではない。

体調不良が続いていた祖母も、今日はめずらしく調子が良いようで、うすく化粧をして、明るいオレンジ色のカーディガンを羽織っている。四人がけの席につき、メニューを広げた。

「急に外食なんて、どうしたの」

草児が気になっていたことを、祖母が訊ねてくれる。頬杖をついていた母が「パートのわたしにも賞与が出たのよ」と言うなり、唇の両端をにぃっと持ち上げた。

「それはよかった」

「それはよかった」

祖母の真似をしてみた草児に向かって、母がやさしく目を細める。

賞与の金額の話から、コテイシサンゼイが、ガクシホケンがどうのこうのというつまらない話がはじまったので、草児はひとりドリンクバーにむかう。

グラスにコーラを注いで席に戻る途中で、あの男がいるのに気づいた。

男は窓際の席にいた。ひとりではなかった。四人がけのテーブルに、誰かと横並びに座っている。

男の連れが男なのか女なのか、草児には判断できなかった。髪は背中に垂れるほど長く、着ている服は女もののようであるのに、顔や身体つきは男のようだ。

ふたりはただ隣に座っているだけで、触れあっているわけではない。にもかかわらず、近かった。身体はたしかに離れているのに、ぴったりとくっついているように見える。

男の前には湯気の立つ鉄板がある。男は鉄板上のハンバーグをナイフですいと切って、口に運ぶなり「フーファ」というような声を上げた。ムササビの骨格を見上げておどろいていた時とまったく同じ、間の抜けた声だった。

「あっつい」

「うん」

「でもうまい」

「ね」

男とその連れは視線を合わすことなく、短い言葉を交わす。声をかけようとした時、ふいに男が顔を上げた。挨拶しようと上げた草児の手が、宙で止まる。男の首がゆっくりと左右に動くのに気づいたから。

男の視線が鉄板にかがみこんでいる隣の人間に注がれたのち、草児の母と祖母がいる席に向いた。迷いなくそちらを向いたことで草児は、男がとっくに自分に気づいていたと知る。

もう一度男が首を横に振った。口もとだけが微笑んでいた。だから草児も片手をゆっくりとおろして、自分の席に戻る。

男の隣にいる人間が男であるか女であるかは判断できないままだったが、そんなことは草児にとってはどうでもいいことだった。あの人はきっと、男が鞄にしのばせているお菓子のような存在なんだろうなと勝手に思った。というよりも、そうでありますように、と。

「いろいろある」世界から逃げ出したくなった時の命綱みたいな、「やっかいだけどだいじな人」とあの男が、ずっとずっと元気でありますようにと、名前も知らない彼らが幸せでありますようにと、神さまにお願いするように思った。

「なにかいいことがあった」

コーラにストローをさす草児に、祖母が問う。はてなマークがついていなくても、ちゃんとわかる。いつのまにかわかるようになった。祖母は今、たしかに自分に問いかけている。

「なんにも」と答えた自分の声がごまかしようがないほど弾んでいて、草児は笑い出してしまう。ひとくち飲んでみたコーラはしっかりと甘かった。そのことが草児をさらに笑わせ、泣きたいような気分にもさせる。

灯台

世に言う「犬も食わない」が今日もはじまったなと思いながら、わたしはテーブルに頬杖をつき、睨《にら》み合うふたりを眺めている。

向かって右に位置するマリはテーブルに両手をつき、肩で息をしている。驚くと猫の目のようにまるくなる、マリの大きな茶色い目。今は涙をたたえて、風の強い日の湖みたいに揺れている。

左に位置するユキトは椅子の背もたれに片腕を預けて、上体をわりかし無理のある角度にねじっている。マリの顔を正面から見ずに済むように。まぶたが重たげにさがって眠そうに見えるのは、ひどく機嫌が悪いから。関係ないけどこのテーブルとイスはニトリで買ったもの。

いつのまにかわたしは、そんなことまで知ってしまっている。

ふたりは平均週に四回、つまりひと月におよそ十六回ほど口論をする。理由は鼻で笑ってしまうぐらいつまらないことばかりだ。マリのつくったハンバーグをユキトが「いまいち」と評した、ユキトがNetflixで観ていた映画のオチを通りかかったマリがばらした、マリが好きな俳優のことをユキトが「どこがいいのかわかんね」と馬鹿にした、マリが「ふたりで食べようね」と買ってきたチョコレートをユキトがひとりでぜんぶ食べた。具体例を挙げてもほら、やっぱりつまらない。

彼らは一年前、わたしが勤めている不動産屋のカウンターに連れだってやってきた。ひさしぶりだね、とさわやかな笑顔を浮かべるふたりを前に、わたしは上擦《うわず》った「あっ」みたいな声を出すことしかできなかった。

「高校卒業以来？　同窓会に来てなかったよね、鳥谷《とりたに》さん」

軟式テニス部のマリとバスケットボール部のユキトといえば、校内いや校外でも有名な容姿の良いカップルだった。常に陽の当たる場所にいるふたりだった。スクールカーストの上位にいながら「カースト？　それってなんですか？　お菓子の名前？」みたいな顔で過ごしていた。入学から卒業までずっと。

わけへだてなく誰とでも仲良く喋った。いつも教室の隅にいた「ジト目」というあだ名の男子生徒とも、厳しいことで有名な生活指導の先生とも、わたしとも。

出来の良い生徒があつまる高校ではなかった。進学するのは三割程度で、五割は就職し、残りは進路が定まらぬまま卒業した。

マリは化粧品メーカーの販売員になり、ユキトは自動車整備工場に就職した。わたしは父の知人の紹介で不動産屋の社員になった。ななめ前に楽器屋があって、外に設置されたスピーカーから流れてくるへんな音楽が勤務時間のバックグラウンドミュージックである。

高校卒業後も交際を続けていたふたりは、家を出て同棲することにした。わたしがここで働いていることを誰かから聞き「どうせなら知り合いがいるところで部屋を借りよう」とわざわざ来てくれたというから、泣かせる話だ。マリはわたしに「契約のノルマとかあるんでしょ」と耳打ちしたが、そんなものはない。でも彼女たちの心づかいはすなおにありがたかった。

部屋を見てまわる際も、ふたりは何度も喧嘩をした。おもにマリがここは日当たりが悪いから嫌だとか、このアパートは外壁が汚いから住みたくないなどとごねて、ユキトがそれを「ぜいたくだ」「俺らの収入ならこれぐらいの物件が妥当なんだって」と宥《なだ》めているうちに激しい口論に発展するというパターンだった。

こういうタイミングで別れるカップルもいるのよ、と不動産屋勤務歴二十五年の先輩かず子《こ》さんに耳打ちされ、「まさかマリたちも」と懸念したが、彼らは泣いたりふくれたりしながらも、なんとか納得のいく部屋を見つけた。

それもこれもめぐりんのおかげだよ、とふたりは言った。鳥谷さんと呼ばれていたはずなのにいつのまにか芽久美《めぐみ》になり、さらにめぐりんへと、鰤《ぶり》みたいにわたしの呼び名は出世していった。めぐりん。そんなふうにわたしを呼ぶのは、今のところこのふたりだけである。今もいっしょに暮らしている両親は、わたしをおねえちゃんと呼ぶ。二歳下の妹が生まれて以降、あの家では、わたしはおねえちゃんという名の女なのだった。

ふたりは引っ越しの数日後に「たこやきパーティーするから来てよ」とわたしを誘った。友だちはたくさんいるだろうに、客はわたしの他にはいなかった。

最初に呼ぶのはめぐりんって決めてたんだよね、だってすごくお世話になったもん、とマリは言った。おもちゃみたいな色とかたちの包丁とまな板でたこをちっちゃくちっちゃく切りわけるマリを眺めながらわたしは「泣かせる話パート2」だと思っていた。泣かせる話だが、もちろん実際には泣いていない。ユキトもまた「ご近所だし、これからもちょいちょい遊びにおいでよ」と気前よくドボドボとわたしのコップに発泡酒を注いでくれ、しばらくはなごやかにたこやきタイムを楽しんだ。

場の空気が微妙に変わったのは、たこやきをあらかた食べつくした頃だった。つけっぱなしにしていたテレビに映った女優の誰かをユキトが「かわいい」と言い、マリがふくれっ面をして、そこからはじまった。「だいたいユキトはいっつも」とか「マリだって」とか言って、睨み合いをはじめた。焦ったわたしが「まあまあ」と宥め、その日はそこで終了した。

数日後に、また呼び出された。今度は出迎えられた瞬間から不穏な空気が漂っていた。その数日後にもまた。彼らはわたしを喧嘩の仲裁役として最適な人物だと判断したらしい。

ユキトはわたしに「いつかマリに暴力をふるってしまう気がする」と打ち明けた。マリは涙目で「いつかとりかえしのつかないようなひどいことを言っちゃいそうで怖い」と訴えた。

しょっちゅう諍《いさか》いをおこす彼らは、それなのに互いにまったく同じことを怖れている。決定的に相手を損なう瞬間を阻止してくれと、わたしに縋《すが》る。

「めぐりん、聞いてる？」

尖った声で、はっと我にかえった。マリが手の甲で涙を拭きながらわたしを睨んでいた。

「だから、あの子とはなんにもないって言ってるだろ」

ユキトが声を荒らげる。今日の喧嘩は、なんだかいつもと違う。

ユキトのスマートフォンに女性から「きのうはごちそうさまでした」というメッセージが入ったのをマリが見てしまったらしい。

昨日、ユキトは会社の同僚男性と飲みに行くと言っていた。あれは嘘だったのか、とマリが責め立て、ユキトが事情を説明する。同僚男性が自分の恋人を「ユキトに紹介する」と電話で呼び出し、その際に恋人が友人女性を連れてきた。友人女性を送ってやってくれと同僚男性に頼まれ、送っていった。途中彼女が喉の渇きを訴えたため、コンビニエンスストアに入りペットボトルのお茶を買った。ごちそうさま、とはそのお茶にたいする礼であり、それ以上のことはなにもなかった。

「連絡先交換したんだ？」

「むこうに訊かれたから。でもただそれだけだし」

このやりとりを、さっきからもうなんべんも繰り返している。

「どう思う、めぐりん」

「なんか言ってやってよ、めぐりん」

ふたりは同時に言い、わたしはうーん、と腕組みする。喧嘩の仲裁なんて、愉快なことではない。マリもユキトも語彙《ごい》が豊富なタイプではないので罵詈《ばり》雑言《ぞうごん》にダメージを受ける心配はないが、他人が泣いたり怒ったりするのをずっと見ているのはやっぱり疲れる。うんざりすると同時に、得意な気分もある。だって、かつてみんなの憧れの存在だったかわいい女ときれいな男が、こんなにもわたしを頼りにしている。わたしの「まあまあ」とか「おちついて」という、毒にも薬にもならぬ言葉を天の啓示のごとくありがたがっているなんて。

しかしながら第三者であるわたしは、どちらにも肩入れしない。つねに中立。永世中立国。そう、わたしはスイスみたいな存在なのだ。上から読んでもスイス。下から読んでもスイス。ミドルネームにしたいぐらいだ。鳥谷・スイス・芽久美。

中立国のわたしはいつものように「まあまあ」とだけ言う。彼らは「いてくれるだけでいい」と言ったのだ。よけいなことは口にせぬほうがいい。

昔から、わたしは第三者だった。たとえば中学生の頃のバレンタインデー。先輩にチョコレートを渡したい女の子たちが「ひとりじゃ不安だから、ついてきて」と頼むのは、いつもわたしだった。

マッチングアプリで知り合った相手と会うんだけどこわいからついてきてと頼まれたこともある。異性の友人に「意中の女性を食事に誘いたいのだが、ふたりきりでは警戒されるからいっしょにきてほしい」と頼まれたこともある。彼らがいい雰囲気になった際にすみやかに姿を消すのも、ずいぶん上手になった。

そういうのわかりますよ、と岩木《いわき》は言い、俺もそうなんですよね、と首をすくめた。岩木はでも、ふだんから首をすくめているようにも見える。百九十センチ近い身長を持てあましているみたいに。

岩木はわたしの同僚だ。不動産屋のほうではない。不動産屋がひけた後に、アルバイトをしているコンビニのほうだ。ひとえに不動産屋の給料が安いせいだが、時間を持てあましているという理由もなくはない。わたしには恋人がいない。いたこともない。友人もすくない。趣味もとくにない。時間がありあまっている。

働けばお金がもらえるし、時には「たすかるよ」と感謝もされる。

岩木は大学生だが、わたしより三つ年上だ。本人が言うには二十歳までとくにやりたいこともなくぶらぶらしたのち一念発起して、まる二年昼夜を問わず働いて学費を貯め、今度はまる一年猛勉強をして大学受験をしたという。

立派な体格を生かして肉体労働をすればいいのに、と年配の常連客などは言うのだが、当の岩木は「コンビニが好きなんですよ」とのんびり笑うだけだ。「夜道を歩いてて見つけるとほっとするんです。灯台みたいで、いいですよね」と。

岩木はその身体の大きさから、わたしに象を連想させる。おだやかな眼差しも、ゆったりした笑いかたも。年下のわたしにも丁寧な言葉づかいをする。女の店員と見るや横柄な態度を取るような客が来ると、わたしを奥に下がらせて自分が応対する。だから岩木と同じシフトの時には、嫌な思いをしたことがない。

レジに並んで立ち、マリとユキトの話をするあいだ、岩木は何度も「わかる」「わかる」と頷いていた。午前二時、客は誰もいなかった。

「喧嘩の立ち会いはさすがにないですけどね、第三者っていう感覚、すごくわかります。俺の兄ちゃんが昔ガールズバーっていうんですか、あそこで働いてる女の人を本気で好きになっちゃって、でもひとりで行く勇気がないとか言ってね。いつもつきあわされてました。あと彼女とつきあいたての友だちの初デートに『会話が続かないかも』って理由で同伴させられたりとか」

「あれ、なんなんでしょうね」

岩木は頰を掻《か》きながら「俺はたぶん人畜無害なタイプだからだと思います。だってめっちゃかっこいいやつとかおもしろいやつとか連れていくと、そっちを好きになっちゃうじゃないですか」と笑った。

「あ、だからわたしも選ばれてるんだ」とわたしが納得すると、岩木はあわてたように首を振った。

「鳥谷さんは違いますよ」

なにがどう違うのかとは訊けなかった。確認する勇気がなかった。

わたしは常に第三者のポジションに置かれる自分にうんざりしながら、同時に心地よさを感じてもいるのだった。だってここにいれば、けっして傷ついたり、恥をかいたりすることはないから。

「いいかげんにしろよ！」

ユキトが椅子を蹴って立ち上がる。マリがテーブルの上のティッシュ箱をつかんで、ユキトに投げつけた。マリはいつもおしゃれな服を着ているが、インテリアにたいするこだわりは薄い。ティッシュの箱にはカバーの類《たぐ》いがかけられていなかった。角のところがあたったようで、ユキトの目尻に赤ペンで線を引いたみたいに血が滲《にじ》んだ。手の甲で血を拭ったユキトは舌打ちして、外に出て行ってしまう。

「もうやだ」

マリがテーブルに突っ伏して、肩を震わせる。これまでどんなに喧嘩をしても、どちらかが退場することなどなかった。「これまで」と違うことがふたりのあいだにおきている。

すこし迷ってから、泣いているマリの背中に触れる。細い背中は、子どもみたいに体温が高い。

「思ってたのとぜんぜん違う」

「そっか」

「喧嘩ばっかり。もうやだ」

ぜんぜん楽しくない、とマリが伏せたままの頭を左右に振る。ユキトがいかに思いやりがないか、ということを喋り出す。そのひとつひとつにわたしは「そっか」とだけ、答える。そんなこと言わないで、などとは言わない。ぜんぶ吐き出させてあげる、それが第三者のつとめだ。

「男なんかクソだよ」

突然ユキトから「男」に悪口の範囲が拡大した。ユキトがゴミを散らかす様はマリの父にそっくりだ。マリが無知なことを小馬鹿にする様子は職場の上司にそっくりだ。彼らは男で、だからクソだ、という理屈のようだった。

「そっか、クソか」

わたしは頷きながら、ぼんやりと岩木のことを考えていた。象のような岩木。笑うと目が鉛筆（ただし2B）でひいた線のようになる岩木。マリにとっては岩木もクソなのだろうか。

みんなクソだよ、とマリは調子づき、ついには「男のいない世界に住みたい」とまで言い出した。キッチンの流し台にビールの缶が転がっているのが目に入り、もしかしたらわたしが来る前にふたりはだいぶお酒を飲んでいたのかもしれない、とようやく気がついた。

「女ばっかり集まってさ、わいわい暮らすの。楽しそうでしょ？　めぐりんもそう思わない？」

泣き疲れたのか、酔いがまわり出したのか、マリの口調が泡立てすぎた生クリームのようにもったり重くなっていく。

「もしかして眠いの？」

「すこし」

マリに肩を貸し、隣の寝室に連れていく。テーブルと同じくニトリで買ったセミダブルのベッドの掛け布団をめくった。

「すこし寝たほうがいいよ」

「うん」

身体を横たえるなり、マリが「ここにいて」とわたしの手首をつかむ。

「いるよ」

すこし迷ってから、頭を撫でてやった。小学生の頃を思い出す。妹もよく、夜こんなふうに泣いた。小さい頃は雷やおばけがこわいから、という理由だった。もうすこし成長してからは友だちと喧嘩をしたとか好きな男の子に告白してふられたとか言って、めそめそしながらわたしの布団にもぐりこんできた。こんなふうに頭を撫でてやると、じきに眠った。

「めぐりん、やさしい」

マリの目はすでに閉じかかっている。

「めぐりんといっしょに住めばよかった、ユキトとなんかじゃなくて」

「今からでも遅くないよ」

それを聞いたマリの唇の両端がゆっくりと持ち上がる。安心しきった子どもの唇。なにも塗っていないのに、ほんのりと赤くて、触れたらやわらかそうだ。

「いっしょに住んだら、毎日こんなふうにやさしくしてくれる?」

「するよ。ごはんもつくってあげる」

「それって最高」

「食後のスイーツも用意する」

他の女の子とLINEを交換したりもしない。それは心の中だけで言う。

ほんとにそんなふうに暮らせたらいいのにな、と呟《つぶや》いたマリは、やがてすうすうと寝息を立てはじめた。長い睫毛《まつげ》が頬に影を落としている。

わたしはかわいいものやきれいなものが好きだ。もしいっしょに暮らしたら、宝石みたいにあつかう。マリに指紋ひとつつけないように、やわらかい布でくるむように、慎重に接するだろう。

それでもマリは、わたしを「ともに生活をする相手」には、選ばない。

玄関で物音がした。ユキトが帰ってきたのだ。わたしと目が合うと、決まり悪そうに肩をすくめる。

「マリ、寝かせたよ。疲れてるみたいだったから」

「悪いね」

ユキトは鼻の下を擦《こす》って、外出ない、とガラス戸を指さす。

足音を忍ばせて、ベランダに出た。

「ほんとに、ごめんね、めぐりん」

「いいよ」

ユキトが手すりに凭《もた》れて、ふーっと息を吐く。

「前はあんなんじゃなかったのにな」

「マリのこと？」

「うん」

横目で、ユキトの均整のとれた身体を眺める。生まれてから一度も吹き出物ひとつできたことのなさそうな、つるりとした肌。意志の強そうなしっかりとした眉の下に、大きくてすこしだけ目尻の上がった目がある。「ここんとこ喧嘩ばっかり」と訴えながら、その目がわたしをまっすぐにとらえる。

「マリは変わったと思ってた。でも変わったのはやっぱ俺のほうなのかも」

マリの気まぐれもわがままも、以前はかわいいと思っていた、でも、とそこで言葉が途切れる。

「でも、疲れた？」

「そうだね。疲れた。かわいいと思えなくなったのは、俺が変わったせいだと思う」

ユキトが片手で顔を覆う。その手に、わたしはとくと見入る。細い指も幅の狭い手の甲の皮膚も痛々しく荒れている。日々工具を握りオイルにまみれる働く男の手だ。宝石のようでなくてもそれは、胸を衝《つ》かれるほどに美しい。

「変わった、のかな。ユキトが大人になったのかもね」

「めぐりんはやさしいなあ、やっぱり」

なんかさあ、とユキトが視線を自分の足元に落とす。

「俺、めぐりんみたいなしっかりした子とつきあえばよかったかな、とか思ったりするよ」

「そんな。つりあわないよ、わたしとユキトじゃ」

腕時計を見ると、午後十時近かった。もう帰るね、とガラス戸を開けるわたしを、ユキトはけっして引きとめない。

わたしみたいな子とつきあえばよかったと、ユキトが言ったのははじめてではなかった。ユキトは忘れているかもしれないが、前にも同じことを言ったのだ。本気ではないからいくらでも言えて、いくらでも忘れる。つりあわないよ、という言葉は、ユキトの自尊心をくすぐる。

マリもそうだ。わたしのことを時々、好きなだけやさしい言葉を引き出せる機械みたいに扱う。やさしさATM。わたしは彼らが自尊心を保つために存在しているのだろうか。ふたりにこれっぽっちも悪意がないことが、よけいにわたしをさびしくさせる。外に出て、ただただ、歩いた。布をはさみで切り裂くみたいに、まっすぐに夜をつっきっていった。

目ざす場所は決まっていた。煌々《こうこう》と明るい見慣れたあの建物。岩木が灯台みたいだと表現した、あの頼もしい光をめざして、わたしは歩みをはやめる。

岩木のシフトは覚えている。今日の勤務は二十二時まで。

駐車場の、通用口がよく見える位置に陣取って、フェンスに背中を預けた。

しばらく待っていると、私服に着替えた岩木が出てきた。のっそりと背中を丸めて、俯《うつむ》きがちに歩いている。

「岩木くん」

大きな声で呼んだつもりだったが、聞こえなかったらしい。岩木が手を振る。わたしではなく、ちょうどコンビニの自動ドアから出てきた女に。

髪の長い、背の高い女だった。女と岩木は楽しそうに喋っているが、内容まではわからない。恋人だろうか。岩木の仕事が終わるのを待っていたのだろうか。女が岩木にしなだれかかるような仕草をする。

彼らに背を向け、逃げるように早足で歩き出す。「岩木になんか会いたくなかった」と思おうとした。会いたくなかった、すこしも。

背後から肩を叩かれる。驚いて振り返ると、岩木が立っていた。

「鳥谷さん、どうしたんですか？　買いものですか？　今日はバイト休みでしたよね」

びっくりしてしまって声が出ない。岩木の身体越しにのぞくと、女はまだコンビニの前にいた。

「さっきの女の人は……？」

「え、ああ、大学の友だちです」

「友だち？」

コンビニの自動ドアが開いて、出てきた男が女の肩に手をまわし、女はうれしそうに岩木に手を振った。

「男のほうも同じ大学です。男のほうは友だちじゃないですけど」

歩き去っていくふたりを見送りながら、岩木がぼそぼそと喋る。

「彼女かと思った。仲良さそうに見えたから」

「あ、見てたんですか？　あの子、いつもああやってべたべた触ってくるんですよ。男連れの時に、あえて。わかります？」

「……わかります」

第三者は他人の嫉妬心を引き出すために利用されることもある。わたしがいちばん、よく知っている。

「で、鳥谷さんはなにをしてるんですか？」

「うん」

答えになっていない、と知りつつ、また「うん」と言ってしまう。わたしにとっては、口にするのにたいへんな勇気を要する言葉だった。大きく息を吸って吐く。

「岩木くんと話したくて来た」

岩木がゆっくりとまばたきをする。そうですか、そうですか、と二度頷いて「それは」と笑った。目が線になる。

「うれしいな」

うれしいな。たった五文字の言葉が、わたしの首根っこをつかんで、放り投げる。「第三者」という安全な立ち位置から、どこだかよくわからない、だだっぴろい場所に。

「鳥谷さんは明日、仕事ですか？　あ、バイトじゃなくて、不動産屋さんのほう」

「そう。岩木くんは大学ですか？」

「はい」

そうですか、そうですよね、そうです、と話しながら歩き出した。さっき早足で来た道を戻るだけなのに、違う道みたいに感じられる。違う夜みたいに感じられる。

ただだっぴろい場所にひとり立つのは心もとない。どっちに進んでいいのかも、見当がつかない。

「ま、休んじゃっても、だいじょうぶですけどね」

「だいじょうぶなんですか」

はい、と答える岩木の顔はあまりにも高いところにあって、横目で様子を窺ってもどんな表情をしているのかまったくわからない。

「岩木くん」

声が裏返ってしまったが、それを恥じる余裕はなかった。岩木が立ち止まったので、わたしもそうした。頭をぐいっと持ち上げる。

「今からどこか行きませんか。わたし、明日仕事休みます」

「どこか、ですか」

わたしを見下ろす岩木はおもしろがっているようでもあり、困っているようでもあり、なにも考えていないようでもあった。なにか熱くて大きなかたまりが喉をせりあがってきて、思わず下を向きそうになったけど、がんばって目を逸《そ》らさないようにした。なんだかものすごく長い時間が過ぎたような気がする。岩木の目がやさしく細められ、ゆっくりと口が開くのを、わたしは息をつめて見守った。

夢の女

サエリは全身くまなく美しい女だ。多くの人間には「自信のある角度」というものが存在するだろう。写真を撮る際には当然のごとくその角度でキメるだろう。しかしサエリは違うのだ。三百六十度、どの角度から見ても美しい。寝起きで撮影されても、あるいは徹夜明けに撮影されても、きっとケチのつけどころがない。

言っておくがこの陳腐な表現は、わたしが考えたものではない。

ちなみに、わたしにはキメ角度もない。ティーンエイジャーの時分には「自分にも美人に見える角度があるはずだ」と信じて古代の秘宝をさがす冒険家ばりに手鏡相手に奮闘したが、ついぞ発見できなかった。

実物より良くうつる手段を獲得できなかったわたしは、今も昔も、写真を撮られることを好まない。いやいやながら、あるいは知らぬ間に撮られた写真のわたしは実物よりも不細工な顔をしているのでますますがっくりくる。たいてい白目を剝《む》いていたり、おまんじゅうみたいに頬がふくらんでいたりするのだ。

しかし数年前なにげなく娘の律佳《りつか》に「わたし写真うつり悪いからさ」と言った時、律佳は怪訝な顔で「そう?」と首を傾げていた。白目を剝いたおまんじゅうこそがわたしの真の姿なのかもしれない。

そんなことを考えていると、ソファーに足を伸ばして座っていたサエリと目が合った。まだ帰らないの?　その人。

目線で問いかけてくる。彼女の膝には今日もぶあつい本が置かれている。わたしの座っている位置からは本のタイトルまではわからない。しかしおそらく詩集であろう。ボードレール、バイロン、イエーツ、リルケ、いずれもわたしは読んだことはない。そういう詩人がいると知っているだけだ。でも美しく若い女は詩集を読むのが似合う。かつてのわたしの愛読書であった『楽してやせる』というような本とか、昔律佳が大好きだったコロコロコミックではなく。

もうすこししたら帰ると思うわ。わたしもサエリに目で、すなわちアイズ・トゥ・アイズでもって返答してからあらためて正面の、重箱を挟んで向かい合っている相手に向き直った。わたしはこの人のことをユーコオバサンと呼んでいる。わたしの夫は「結子《ゆうこ》おばちゃん」と呼んでいた。夫の母の実姉だからだ。結子おばさんと聞こえるように発音し、心の中では「ユーコオバサン」とカタカナ表記にして、そういう名の生命体だと認識している。自分とは違う生きものだと思えば彼女の声のでかさや事前連絡なしに他人の家を訪問するくせを習性として許せる気がする。

「ほら、食べなさい」

ユーコオバサンが持参した重箱をわたしに向かって押しやる。ぎっしりつまったおはぎは、彼女のお手製だった。粒あん、きなこ、青のり。春のお彼岸だから、という理由で持ってきた。「不要不急の外出を控えよ」と言われているこの時節に、わざわざ。

「あんた好きやろ、おはぎ。何個でもいけるて前に言うてたやん」

わたしはそんなにもおはぎが好きだったのだろうか。思い出せない。

ユーコオバサンはさっきからずっと、わたしの夫の昔の話をしている。草介《そうすけ》が小さかった頃な、そういえばその時草介がな、と、なかなか終わらない。ひとつの草介エピソードの枝葉からまた新たな草介エピソードが芽吹き、伸びていく。エンデもびっくりのネバーエンディング草介ストーリーである。以下草ストと呼ぼう。

「草介は久保田《くぼた》家では初孫やったやろ？　あの頃、みんな奪い合うみたいに赤ん坊のあの子を抱っこしたがってねえ」

聞きました。百ぺん以上、聞きました。はからずも五七五になってしまう。ユーコオバサンから目をそらして、律佳が小学生の頃好きだったゲームのことを考える。いろんなモンスターが出てきた。かわいらしい顔のカメの姿をしたやつもいればごついドラゴンもいた。それぞれ「たいあたり」とか「かえんほうしゃ」みたいな必殺技を持っていた。ユーコオバサンの必殺技は「おなじはなし」だ。「おなじはなしをなんどもしてあいてのせいめいりょくをうばう」だ。こっちも「うわのそら」で対抗する。

夫の母、および祖父母とそのきょうだい、つまりユーコオバサンにとって妹も両親も、身近な親戚はいずれも五十代で病死している。その他の家族も似たような年齢、あるいはもっとはやく亡くなっているというから、短命な一族だ。

「あたしには子どもがおらへんからね、草介……草ちゃんだけが……」

ハンカチで目頭を押さえるユーコオバサンを通り過ぎて、わたしの視線はまたサエリに向く。ユーコオバサンが悪い人ではないことは知っているが、朝の九時にいきなりやって来て涙ながらに草ストを語られてもわたしだって困る。

このあと、彼が一歳の時に天王寺動物園に連れていってやったことを話すだろう。ライオンにも象にも興味を示さずにずっと小石を拾って遊んでいたこと（「ビニール袋いっぱいに拾ったんよ、アホやろ」）を、とっておきのおもしろエピソードとして披露する。それから白浜の親戚と海水浴に行った時おぼれかけた話と、動物アレルギー持ちなのに親戚の家で飼われていたマルチーズのマルちゃんを撫《な》でて顔がじんましんだらけになった話も（「あの子犬好きなんよね、ほらやさしいから」）。

草ストには「成人編」もある。母の日に「結子おばちゃんは母親みたいなもんや」と花束をくれたんよね、あの子やさしいから、とか。

ぱたん、と音を立てて本を閉じたサエリが立ち上がって、キッチンに移動するのを目で追う。箪笥《たんす》の上の位牌には一瞥《いちべつ》もくれない。

わたしたち家族が十年以上住んだ部屋を、あらためて眺めまわす。壁はさすがに黄ばんできたし、キッチンカウンター越しに見える台所のＩＨヒーターは最近調子が悪い。サエリが手をかけている冷蔵庫だって十五年もつかっている。サエリは、冷蔵庫から出したミネラルウォーターを細長いグラスに注いで、立ったまま飲んでいる。白い喉がひかえめに上下する。あんなシャンパングラスみたいなもんうちにあったっけ。無口でミステリアスな美女に似つかわしい調度品など、この家には存在しないはずだが。

夫はこのマンションをいたく気に入っていた。購入した時すでに築十五年だったが、リフォーム工事が済んでいて、新築同様に見えた。駅から徒歩二分。隣にスーパーマーケットもある。中古物件を何か所もまわって見つけただけのことはあるとご満悦だった。

夫名義の住宅ローン（三十五年）を組んだ時、律佳は十一歳だった。娘はいずれ家を出ていき、あとは夫婦ふたり暮らしになるだろうから３ＬＤＫのマンションで充分だとわたしは言ったのだが、夫はあくまでも４ＬＤＫ以上の間取りにこだわった。

それまで住んでいた賃貸のアパートから越してきたその晩、こだわりの理由が判明した。夫はテーブルがわりの段ボールの上に置いた惣菜のハンバーグをつつきながら「今オカンかオトンのどっちかが死んで一人になったとするやん。そしたらここに呼んで同居することになるやん。そしたらやっぱ部屋はあそこやんな」と居間の脇の和室を指さし、わたしはその時食べていたカツ丼のカツ部分を喉に詰まらせそうになった。

夫は「親と同居」というような重要かつデリケートなことをなんの相談もなしに勝手に決めてしまう男だった。喪主の挨拶でそう言ってやればよかった。本日はご多用にもかかわらず、亡き夫久保田草介の葬儀にご会葬くださいまして、誠にありがとうございます。おかげをもちまして、昨日の通夜そして本日の告別式を滞りなく執りおこなうことができました。故人もさぞかし皆さまに感謝していることと存じます。故人は重要かつデリケートなことを相談もなしに勝手に決めてしまう人だったのですがみなさんご存じでした？　あ、やっぱ会社でもそんな感じでした？　うっわー。

その後ばたばたと夫の両親が病死し、同居の線は完全になくなった。看護師になった娘は、わたしの予想通り職場の近くでひとり暮らしをはじめた。予想と違ったのは、夫婦ふたり暮らしにならなかったこと。

「あの子、まだ若かったのにね。ほんまにかわいそうに」

「あの子」こと久保田草介は、四十六歳でその一生を終えた。五十代で死んだ夫の両親よりもずっとはやい、不意打ちみたいな死だった。

「ほら、ええから食べなさいよ、あんた」

ユーコオバサンがまた重箱を押す。前回来た時はたしか、炊きこみご飯のおにぎりを持ってきていた。どうしてそんなにわたしにものを食べさせようとするのか理解に苦しむ。太らせて食べるつもりなのだろうか。ヘンゼルとグレーテルの魔女みたいに。

ユーコオバサンはわたしを「あんた」と呼ぶ。もしかしたらわたしに名前があることを知らないのかもしれない。

水を飲み終えたサエリが、そっとわたしの隣に立つ。手がわたしの肩に置かれる。白く細い指が、ピアノの鍵盤をたたくように軽く動いた。なぐさめようとしてくれてるんやね、ありがとう、でもだいじょうぶやで。そんな思いをこめて、そこに自分の手を重ねる。

「どうしたん？」

斜め後ろを振り返っているわたしを、ユーコオバサンが怪訝な顔で見ている。

「虫でも飛んどった？」

サエリがすうっとわたしの傍を離れていく。氷の上をすべるようなその歩みを目で追う。ユーコオバサンがわたしの視線を辿《たど》っているのがわかった。むだですよ、と心の中で思う。だってあなたの目にはサエリは見えないから。

「なんでもないです」

サエリは今のところ、わたし以外の人間の目には見えない。なぜならサエリは、夢の女だから。

短命の家系に生まれた夫は、人一倍健康に気を遣うタイプだった。健康診断でコレステロール値があがったと言っては狼狽《ろうばい》し、ちょっとくしゃみが出ただけでやれ風邪をひいただの、インフルエンザかもしれないだのと大騒ぎして病院にかけこんだ。

釣りが趣味だった。月に三度以上川や海に出かけた。『ドラマチック！　フィッシング専科』『釣れ☆連れ倶楽部』といったテレビ番組も、わざわざ録画してまで見ていた。結婚前に、子どもは何人欲しいか、男か女か、という話をしたことがあった。夫は「息子と娘、どっちでもええけど、一緒に釣りに行けたらええなあ」と夢見ていた。

律佳は釣りに興味を示さない子だった。二度ほどふたりで淀川《よどがわ》に出かけたこともあったが、律佳が言うには「釣り、おもんない」らしい。親子だから同じものを好きになるとはかぎらない。夫もどこかほっとした様子だった。子どもを連れていくよりひとりで行くほうがずっと気楽だとわかったのだろう。

釣れた魚を持ち帰る時と、手ぶらで戻る時がちょうど半々ぐらいだった。あの日の朝はやく、夫は海釣りに出かけた。岩場で足を滑らせて、頭を打って倒れていたらしい。後からやってきた釣り人に発見され、病院に運ばれたが、その時にはもう息がなかった。それから葬儀まではとにかく慌ただしかった。連絡を受けて帰ってきた律佳も悲しんでいるというよりはぼうぜんとしているように見えた。

告別式には夫の会社の人が大勢やって来た。後輩であるという男性は「久保田さんにはいつも親切にしてもらいました」とぼろぼろ涙をこぼしており、わたしは「ほんとかよ」と思っていた。夫の死そのものも、つつがなく進行していく通夜・告別式もまったく現実味がなく、「ほんとかよ」という、自分がふだんはしない言葉遣いだけがみょうにしっくりとなじんだ。

ユーコオバサンがおはぎを置いて帰ってしまったので、ひとつずつラップフィルムに包んで冷凍庫に放りこむ。食べたくはなかったが、人からもらったものをかんたんに捨てるのも忍びない。冷凍庫には前回もらった炊きこみご飯のおにぎりが入っている。前回、ということは覚えているのだが、それがいつだったか、正確な日付はもう忘れてしまった。

たこ焼きバーガーも入っている。それはユーコオバサンではなく、きのうかおととい かあるいはもうすこし前に律佳が買ってきたものだ。「近くまで来たから」と袋を差し出した。駅前のたこ焼き屋のオリジナル商品である、肉のかわりにたこ焼きがはさんであるへんな食べもの。以前にも食べたことがある。夫が死ぬちょっと前に「こんなん売ってたで」と買ってきたのだ。へんなもん見つけてきたなあと言い合いながら三人で食べた。

「まずくはないけど、うまくもないなー」と笑っていた夫の顔を思い出すと、どうしても二度目のそれは、食べる気がしなかった。だから冷凍庫で眠りについてもらっている。

「まいるわ、ユーコオバサンには」

重箱を洗いながら、ダイニングテーブルに肘をついているサエリに話しかけた。

ほんとうね、明日実《あすみ》。

サエリの返事は、直接わたしの脳に響いてくる。

「悪い人ではないねんけどな」

うん、そうみたいね。話は長いけど。

開けっ放しの窓から吹きこんだ風に、サエリの髪が揺れる。夫いわくさらさら音を立ててなびくサエリの髪。わたしの髪はくせ毛だ。とくに雨の日は手のつけようがないほど広がってうねる。加齢によりくせが弱まった気がするが、それでもまっすぐではない。

わけのわからないバラエティー番組を放送していたテレビの画面がいつのまにかニュースに変わっていた。今日の感染者数。自粛。毎日同じ話。

ダイニングテーブルの上でスマートフォンが一瞬ふるえて、すぐに静かになった。キッチンカウンター越しに目をやって、すぐにまた視線を戻した。きっと律佳だ。

見たほうがいいよ、とサエリに促されて、しぶしぶ開く。

ごはん食べた？

律佳は毎日のように連絡してくる。自分で産んだ娘にこんなことを言うのもなんだが、わたしは律佳といまいち気が合わない。だってあの子は喋り過ぎる。小さい頃からそうだった。朝布団から出た瞬間から晩に枕につっぷすまで、絶え間なく言葉を発している。小さい頃から、あっ見て犬、歩いている時「お母さんあのな、あのな、今日ほいくえんでな、先生とな、あっ見て犬、かわいい、かわいいなあお母さん、ほんでな、あ、鳩や、鳩やでお母さん、ほいくえんでな、りっちゃん泣いちゃってん、あーっ見て！　ポスト！」と目に入るものすべてについての実況をはさみながら今日の出来事を話そうとするのを聞いていると頭がどうにかなりそうだった。よく喋る割に、相手の話をちゃんと聞いていない。しょっちゅう聞き間違いをした。一時と七時を聞き間違えるぐらいはまだ良いほうで、「人事を尽くして天命を待つ」という言葉を聞き間違えて「はあ？　じじいを吊るす？　てめえを待つ？」と怪訝な顔をしたりして、そのあたりは耳が悪いというより頭の問題かもしれないが、とにかくわたしを疲れさせる子だった。

お母さんがええんやて。夫の口癖が唐突に耳の奥によみがえる。ええの？　というのも、よく耳にした。

律佳が赤ん坊の頃、どうしても泣きやまない時が幾度もあった。おむつを替えてもだめ、ミルクも拒否、赤ちゃんせんべいも吐き出す。おもちゃも投げ捨てる。夫はそんなときすぐ「お母さんがええんやて」とわたしに押しつけてきた。

ふたりで公園などに行かせると、何度も電話をかけてきた。

「あのさあ、律ちゃんがジャングルジムのてっぺんまでのぼるて言うてるけど、ええの？」

「アイス食べるて言うてるけど、ええの？」

自分で判断して行動しない人だった。今思えば、びびっていたのだろう。びびりにびびってびびりたおしていたのだろう。判断には常に責任が伴う。

でもわたしは夫のそういうところが嫌いだった。夫がびびりにびびってびびりたおしていたとすればこっちは怒りに怒って怒り散らしていた。「当事者意識の欠如」という言葉を使って夫を責め立てたりもした。一度、家に遊びに来たわたしの友人たちに「家の中ではお母さんがいちばん強いねん」と小学生の律佳が暴露したことがある。みんなおおいにうけていた。

「ええやんか、そのほうが家庭は安泰やで」

彼女たちは、そう言ってゲラゲラ笑っていたが、わたしは笑えなかった。

夫の通夜のあとも、律佳は喋り続けていた。自分の勤めている病院のこと、こわい先輩のこと、友人のこと彼氏のこと、通夜ぶるまいの料理がまずいこと、斎場の花が美しいことなどを壊れたラジオのごとく喋っては、棺をのぞきこんで「嘘みたい、お父さんが死んだとか、ねえ、眠ってるみたい、ねえ、お母さん」みたいなことを言い、その合間にまたわんわん泣いた。ああやってショックを紛らわそうとしてるんや、とユーコオバサンは訳知り顔でわたしの肩に手を置くなどした。

「でも、ひどい言いかたかもしれへんけどさ、先に死んだのがお父さんでよかった」

あんなに泣いたくせに、律佳は四十九日を済ませた夜に、わたしにそう打ち明けた。アイスクリームを舐めながら、どこかおもねるような上目遣いで。

死んだのが父親ではなく母親だったら自分は今頃もっと混乱していたはずだ。だってお父さんは料理も掃除も自分ではでけへんし、お金のことだってお母さんにまかせっきりやったんやろ、と。

数年前に実父を亡くした時に、わたしもそっくり同じことを思った。母ならひとりになっても身のまわりのことを自分でこなせる。でも父は家のことをなにもできない人だった。食器棚のどこに箸がしまってあるかも知らなかったはずだ。もしかしたらATMの使いかたすらも。だから心のどこかに安堵《あんど》する気持ちがあった。

にもかかわらず、気づけば律佳にたいして「やめなさい」と声を荒らげてしまっていた。言ってほしくなかった。だってわたしは、自分のその思いを今まで胸にしまってきたから。そんなふうに親の命を天秤にかけるような言葉を、口に出してほしくはなかった。

サエリは律佳と違って無口だ。そこがいい。スマートフォンを置いてベランダに出ると、あとをついてきた。

手すりにもたれて、藍色に沈む街を見る。家々のまばらな灯り。星はひとつも見えやしない。今夜の月は細く尖っている。

「きれいね」

隣に立つサエリの横顔に話しかける。

そうね、とてもきれいね、とサエリは頷いてくれる。ただ、そっとしておいてくれる。

わんわん泣ける娘はまた立ち直りもはやかった。さっさと自分のひとり暮らしのアパートに帰ったあとは、仕事に趣味にと忙しい日々を送りはじめた。いつまでも悲しみに沈んでいてほしいわけではないのだが、「ええかげん前に進まな」などとわたしに向かって平気で口にする律佳に、どうしても距離を感じてしまう。

同じように家族を亡くしたといっても「はなれて暮らしている父親」と「一緒に暮らしていた配偶者」では、受けとめかたが違うのはあたりまえだ。

わたしは毎日、夫の不在に気づかなければならなかった。毎日「もういない」と思い知らされた。朝目覚めてベッドの片側を見て、炊いたごはんを余らせて、洗濯物の少なさに驚いて、そうか夫は死んだのか、と気づかなければならなかった。

「ねえ、サエリ。草介とも月を見たんやろ」

さぞかし同性からは嫉妬をぶつけられたであろう。夫はサエリの外見についてそのように想像していたが、完璧な美を前にした女の心に「嫉妬」という感情の生まれる余地などあるはずもない。サエリの美しさを前に、わたしはただ息を呑む。

「人類が滅亡した後の世界でも、月って綺麗やった？」

サエリは答えない。黙ったまま、冷然とした表情で白い月の光を浴びている。


夫は釣りが趣味なだけあってミミズやイソメのようなうにょうにょした生きものには強かったが、ゴキブリにはてんで及び腰だった。飛ぶからダメだの、動きがはやいからイヤだのと理由をつけて、ゴキブリに遭遇するたびわたしを呼んだ。古びた旅館で、法事に出席するため泊まった夫の親戚の家で、以前住んでいたぼろいアパートで。

明日実ぃ、明日実ぃぃ、と情けない声を出して、わたしが授乳中であろうが、風邪で寝込んでいようがお構いなしに呼びつけた。

気が小さくて、外面が良くて、ことなかれ主義。それがわたしの夫だった。けんかをしたことがないのは、仲が良いからではない。わたしが一方的に怒って、夫が「ハイハイ」みたいな態度しか返さなくて、だからいつだって、ちゃんとした対話にならなかったのだ。

あの日もそうだった。

土曜日だった。「おひとりさまにつき一個」の砂糖とたまごを買うためにスーパーマーケットにつきあってもらうつもりだった。たまごを使って日曜日の朝は夫の好きなフレンチトースト、夜はだしまきをつくるつもりだった。

それなのに夫が朝起きるなり「俺、今日釣り行ってくるわ」と言い出したから、ものすごく、ものすごく腹が立った。せめて昨日のうちに言ってくれたらよかったのに、と責めたら夫は首をすくめて「お前はほんま、口うるさいおばさんになったなあ」と言い捨て、家を出ていった。

それが最後の会話だった。フレンチトーストもだしまきも食べさせることができなかった。口うるさいおばさん呼ばわりされたのにその怒りをぶつけることもできない。

台所に立つのが億劫《おっくう》で、インスタントコーヒーに牛乳を注いだものを夕飯にした。ノートパソコンを起動させ、マグカップに口をつける。壁紙にされた青々とした草原とぬけるような青空。そこに「N」「S」などと名をつけられたフォルダがいくつか、糸の切れた凧のように浮かんでいる。いつものように「N」を開いた。

もともとは夫が「持ち帰った仕事を処理するため」という名目で購入したノートパソコンだった。「仕事を持ち帰る」ということが、生前の夫には週に三日ほどあった。会議かなにかの内容をまとめていると言っていた。書類を脇に置いて、難しい顔でダイニングテーブルの端でぱたぱたとキーボードを叩いていた。

わたしは夫がパソコンをつかっているあいだは、テレビの音量を絞ったり、静かに料理をしたりと、とても気を遣っていた。律佳が話しかけようとした時などは「お父さんの仕事の邪魔したらあかんで」と制止さえした。

家にまで持ち帰って仕事をする、という感覚はわたしには皆無であり、そういう仕事熱心なところ、まじめなところは夫の美点である、と感心してもいた。

夫の勤める食品加工の会社はそう大きくはないが、市内ではそれなりに名の通った企業でもある。四十九日の法要を済ませた後、遺品を整理する計画を立てながらふと「そういえばノートパソコン内に、なにか重要な仕事関係の資料が残っているかもしれない」と思った。もしそうだったら葬儀に来ていた例の後輩に連絡しようと「N」を開いたのだ。「N」は夫の会社の頭文字だ、だから。

パスワードは誰の誕生日でもない四桁の数字と夫の名前をくみあわせたものだった。昔からなんにでもそれを使うと知っていた。

テキストファイルが入っていた。ファイル名は「199703」とか「19980６」という按配《あんばい》で、ざっと五十以上はあった。適当なファイルをひとつ選んで開いてみたら、一行目に「1997年3月1日　ずっと後の時代にこれを見つけるかもしれない誰かのために、書き残しておこうと思う」と書かれていた。

最初は日記だと思った。なるほど「N」は日記のエヌかと。1997年。わたしの妊娠がわかって、結婚した年だ。二行目に「サエリがぼくの机に水を置いた。彼女の美しさは世界がすっかり変わってしまった後も変わらない」と書いてあったので、すわ浮気の記録かと椅子から腰を浮かせた。夫には秘密の愛人がいたのか？　これはその愛人との日々をつづったものなのか？

しかし読み進めるうちに、浮気の記録なんかではないことがわかってきた。

1997年、二十三歳の「僕」こと久保田草介は、朝目が覚めたら自分以外の人間がすべていなくなっていることに気づく。両親もいない。外を見回しても、近所の人はおろか野良猫やカラスさえも見当たらない。新聞は配達されず、テレビをつけてもただ砂嵐だけが流れている。なにが起こったのかわからないまま、街をさまよう僕。スーパーマーケットでは肉や野菜が腐りはじめている。そして混乱し、ぼうぜんとする僕の前に突然謎めいた美女「サエリ」が現れるところで、そのテキストは終わっていた。

文章中の僕に負けず劣らずの混乱を抱えながらわたしが開いたつぎのテキストファイルは、突然僕が負傷したサエリをかばいつつ宇宙人と戦っているところからはじまっていた。

「小さい大人ぐらいの身長の宇宙人」という謎の表現や「ベチャ、グチャ。宇宙人の頭がつぶれる」といった稚拙《ちせつ》な描写がてんこもりのテキストを読み終えた頃には、どうやら夫は自分を主人公にした小説を書いていたらしい、ということを理解できていた。

「N」はおそらく、ノベルのエヌ。

　それも一作、二作ではなさそうだった。いちばん古いファイルは八年前のものだった。すべて僕の日記というスタイルをとっていた。書きかけのものもあった。宇宙人に地球を侵略されたというパターンがあり、核戦争がおこって人類の九割が死に、荒涼たる砂漠と化した暴力に支配された世界でレジスタンスとして戦うというパターンがあり、隕石が降ってきて人類の九割が滅亡した後の世界でサバイバルするというパターンもあった。ヒロインはすべてサエリという名前で統一されていた。「さえり」や「紗英梨」の時もあった。どの物語のなかでもサエリは美しく、聡明で、宇宙人やゾンビ等と戦って負傷した僕の手当てもてきぱきとこなすのでおそらく医療の知識があり、物資が少ない世界に住んでいるにもかかわらず僕の誕生日にケーキをつくったりする。さらには戦いに次ぐ戦いの日々に疲弊し、苦悩する僕を時にやさしく、時にきびしく叱咤《しった》する。

　宇宙人の死にざまはベチャグチャなのに、サエリの美しさ、ことに髪をさらさらとなびかせる様子の描写については異常に力が入っていた。なんというか、筆がのりにのっていた。トリートメント剤もろくに手に入らなそうな環境にいるにもかかわらず、サエリの黒髪は常につやつやまっすぐストレートなのである。

　サエリは時に、涙を流す。失われた過去の幸福、家族や友人を思って。あるいは将来への不安に耐えきれず、クリスタルのような涙を流す。僕はそんな彼女を、たびたび

「命に代えても守る」と誓っている。

サエリが出てくるたび、わたしははげしく動揺した。ちなみにサエリはあきらかに僕に好意を持っているようなのだが、ふたりが肉体関係を結ぶような場面は一切ない。彼らは時に淡く、時にくっきりとした恋情を抱きながらも、未来のない世界に絶望し自棄《やけ》になって肉欲に溺れたりはしないのである。使命（支配者と戦ったり、ゾンビから住居を守ったり）を優先する。

嫉妬はおこらなかった。「このサエリという女は、要するに夢の女というやつなのだな」と理解できたから。現実の妻のようにきつい口調で責め立てたりはしないし、ぼさぼさ頭とノーメイクで家の中をうろついたりもしない。

わたしとて理想の恋人を夢想した経験ぐらいある。もちろん中学生ぐらいの頃の話だが。

しかし「持ち帰った仕事がある」などと言って、難しい顔をして、それらしい書類を脇に置くという偽装工作までして夫が夜な夜なこれを書いていたという事実は、ある意味夫の死以上の衝撃をわたしにもたらした。

いちばん古いファイルの日付は八年前。いやちょっと待ってください八年前ですか？とわたしはメガネをずりあげ確認したい。メガネはかけていないのだが、ここは気分的にずりあげたいシチュエーションなので心のメガネをずりあげたい。八年前と言えば律佳が所属していたバスケットボール部の顧問の暴力的指導の問題でごたごたしていた頃ではありませんか。そのことについてわたしが相談するたび、あなたは「はあ、飯がまずうなるわ。そんなん、律佳の問題やんか」と顔をしかめていたのですよ！　と叫び、テーブルをバ・バーンと叩きたい。

小学生の時、律佳が友人とのあいだでちょっとしたトラブルをおこした時も、夫は他人事のようなスタンスを貫いていた。わたしが乳がん検診で再検査になった時もそうだ。再検査の結果は問題なしだったが、不安に押しつぶされそうなわたしに「家の中でため息つかんといて」と心ない言葉をなげかけてきた。

結婚して子どもを産んだら女は変わる、と笑いながら話しているのを立ち聞きしてしまったこともある。「物言いがきつくなってかわいげが皆無になるで」とかなんとか、誰かに電話で話していた。高校受験を控えた律佳がぴりぴりと神経を尖らせては八つ当たりのような言動を繰り返していた時も、あの時もあの時もあの時も、夫はずっとずっとずっとずっとこんなものを書いていたのかと思うと、心おだやかではいられない。

小説家になりたかった、という可能性もある。どこかの賞に応募してたりして、とその痕跡をさがしたが、見つからなかった。

そもそも夫はあまり本を読まなかった。とくに小説など、読んでいる姿を見たことがない。わたしもそうたくさん小説を読むほうではないが、それでも夫の書いたものの出来が悪いことはわかった。この設定はあのアニメの真似だなとか、あの映画に影響を受けてるなとか、すぐにわかるのだ。もし夫が真剣に小説家をめざしていたとしたら、いくらなんでもこんな設定丸パクリみたいな行為はまずいと知っているだろう。ならば、なんのために書いていたのだろう。どうしてもわからなかった。

翌日、勤め先のスーパーマーケットに「熱が出て……今日は休みます」と虚偽の病気による欠勤連絡をしたのち、わたしは夫の残した文章を読み続けた。カーテンを閉め切った、というか開けるのを忘れて、食事もとらず、ただ喉だけがひどくかわくので水を飲むために何度も台所に立ちながら、ちっとも面白くない夫の文章を読んだ。目の奥がひどく痛み、くらくらしてきて、そのままテーブルに伏した。

これは夫がほんとうに生きたかった世界なんだろう。浅い眠りに落ちる直前、その結論に達した。現実の妻と娘が存在しない、もうひとつの世界。現実ではゴキブリ一匹に悲鳴を上げる夫も、そこでは勇敢なヒーローだ。美女にも慕われている。自分以外の読者を想定していなかったと考えれば、時折ほうりなげたようにいい加減になる描写にも納得がいく。

はっと気づいた時には、真っ暗になっていた。ノートパソコンの画面もスリープ状態で、手探りで電気をつけた時、ソファーに誰かが座っていることに気づいた。テーブルのはす向かい、ベランダに続くガラス戸を背にしたソファー上の人物は髪が長く、だから律佳ではないとわかった。上半身をガラス戸のほうにひねっていて顔が見えない。

だれ？　と声をかけた時、まだすこし寝ぼけている自分に気づいた。手足や腰に、眠りの残骸が絡みついていて、うまく動けない。

ソファーに座っている誰かが、ゆっくりとこちらを向いた。

サエリだ、とすぐにわかった。

華奢《きゃしゃ》な身体。白い肌、かたちのよい唇に浮かぶその微笑みを、夫は「清純かつ蠱惑《こわく》的」と矛盾した表現を使用していた。たぶん蠱惑的という言葉をどこかで覚えて使ってみたくなったのだろう。なに温かいアイスクリームみたいなことを書いとんねんアホちゃうかと鼻白んでいたのだが、実際のサエリと会うとなんとなくわかるような気もした。理屈でなく感覚でねじふせるとは、さすがは夢の女だった。

「あなた、サエリやね」

声をかけると、サエリはゆっくりと頷いた。そうよ、という返答は、脳に直接響いてきた。頭がおかしくなってしまった、と自分にドン引きするわたしに、サエリはやさしく語りかけてきた。

違うの、あなたはおかしくなんかなっていない。

私はサエリ、あなたの夫が生み出した世界に、たしかに存在した人間なの。現実の世界で草介の妻だったあなたは、草介のいちばん近くにいた。でももうひとつの世界では、いつも私が草介のそばにいた。

「知ってる」

わたしの声は、ひどく掠《かす》れていた。

「だから、読んでて、すごい、すっごい嫌やった」

意識を失う直前まで読んでいた内容を思い出した。「空気感染するウイルスによって人類の九割がゾンビ化した世界で、大阪市でたったひとり生き残った僕」が淀川沿いに歩いていって寝屋川《ねやがわ》市あたりでもうひとりの生存者のサエリ（白いノースリーブのワンピース着用）と出会うところだった。保存日時は五年前の九月。

作中の時代設定はちょうど律佳が小学校に入学した年で、僕の年齢は夫の当時の実年齢と一致する。律佳もわたしも、夫が書く世界にはいっさい出てこない。そのことが、わたしに無数の傷を与えた。身動きするたび、傷口から新たな血が流れ出す。

出会った時、わたしも夫も二十歳だった。短大を卒業した後就職活動に失敗してレンタルビデオ店でバイトをしていたわたしと大学生だった夫は、わたしの友だちとその彼氏がお互いの友人を呼んで鍋を食するという、すこぶるありがちなシチュエーションにおいてはじめて顔を合わせ、交際をはじめた。

二十三歳の年に妊娠がわかり、互いの親などに順番がどうのと渋い顔をされながら結婚した。それでも生まれた律佳はみんなにかわいがられ、愛された。

順風満帆とは言わないまでも、けっこう楽しくやってきたつもりだった。

わたしはよく夫に怒った。その不甲斐なさを詰《なじ》った。でも憎んではいなかった。別れたいと思ったことも一度か二度ぐらいしかなかった。

でも、夫は違ったのだ。フィクションの世界に逃げこまねばならないほど、わたしとの結婚生活は、つらく苦しいものだったのか。

わたしはふらふらと椅子から立ち上がり、洗面所に向かった。顔を洗ううちに眠気が覚めていった。わかるわ、とあとをついてきたサエリが言った。

でもそれは、私だって同じなのよ。私は草介の頭の中にしか存在しないの。それがどういうことかあなたにわかる？　何度も戦って、励まし合ってきたのに、草介以外の人間は私の存在を知らなかった。草介が死んで、私はこのまま消えていく運命だった。誰の目にも触れることなくね。

私は架空の存在。でも、架空の存在にも命があるの。

だけど、あなたが読んでくれた。それはあなたが私の命を救ったということなの。だから私は草介の物語から飛び出して、あなたに会いに来たのよ。

顔に押しあてたタオルから目を上げる。鏡の中にはわたしだけがうつっている。隣に顔を向けるとやっぱりサエリがいて、うすく微笑んでいた。

「わたしがあなたを、救った？」

わたしの声は、なぜかわたしのものではないように遠く聞こえた。

ねえ明日実さん、とサエリがまた話しかけてきた。私とあなたは表と裏なの、と。あなたと私はそれぞれの世界で、草介のいちばん近くにいた、あなたは草介を失った悲しみをこれまで誰とも共有できなかった、違う？　娘とでさえも。ユーコオバサンとなんて、もってのほか、そうでしょう。

あなたを理解できるのは私だけ。

サエリは薄く笑い、わたしの手をとった。感触はない。

明日実さん、これってすごくすてきなことだと思わない？

わたしは頭の中で、その言葉の輪郭をなぞる。すごく。すてきなこと。

それから、わたしとサエリとの共同生活がはじまった。わたしが常に彼女を意識することで、サエリはそこに存在し続ける。わたしが忘れれば、サエリは消えてしまう。

朝起きると、まずサエリの姿をさがす。サエリはたいてい居間のソファーか、ベランダにいる。

「おはよう」

おはよう。

わたしたちは朝の挨拶を交わし、それからコーヒーか、紅茶を飲む。わたしが話しかけないかぎり、基本的にサエリは喋らないのだが、でも挨拶をする相手がいるのはいいものだ。

　仕事にもついてくる。レジに立つわたしの横で、物憂そうに爪を眺めたりしている。野菜が傷んでいたの、お菓子の包装がやぶれているの、あるいはつり銭の受け渡しかたが悪いのとクレームをつけてくる客の横でぷっとふくれてみせる。あるいは客の背後にまわって人差し指でツノをつくったりする。わたしは笑いをこらえるのに必死だ。

　夜は夜で、夫の物語を読むわたしの隣にそっと寄り添ってくれる。

　サエリは、すこしずつ夫の描いた夢の女から離れていく。こんな友だちが欲しかった、というわたし自身の理想に近づいていく。無口だけれどもおちゃめなところがあり、わたしが落ちこんでいてもむりやり励まそうとせず、「前を向いて」とも言わず、ただ静かにそばにいてくれる。

　けれどもなんだろう、時折、やっぱりおだやかではいられなくなる。サエリのすべてが、わたしとはまるで違う。だいいち「サエリ」などと、よくもまあ、こんな名をつけたものだ。「サエ」でも「エリ」でもないなんて。

　このはかなげな佇《たたず》まい。サエリのノースリーブのワンピースから伸びる細い腕を見るたび、わたしの心はざらつく。ざわつく、ではない。ざらつきはわたしの皮膚を擦《こす》り、小さな傷を生む。

こういう女を「命に代えても守る」と誓って生きる。それが夫の望んでいた人生だったのか。不甲斐ない、頼りないと妻や娘に呆れられながら、家の中で小さくなっているような人生ではなく。会社から永年勤続で表彰されることよりも、課長になることよりも、ゾンビの頭を銃でふっとばしてベチャグチャさせることのほうが、夫には生きている実感を得られるものだったのだろうか。


「久保田さん、こっちこっち」

休憩をとるために控室に入ったら、青果コーナーのオノダさんとレジ担当のヤマネさんがいた。いずれも五十代、ベテランのパートである。手招きされて、わたしはしぶしぶそちらに向かう。ロッカーの並ぶ着替えスペースの半分に畳がしかれていて、そこに長テーブルが一台ある。彼女たちが持参した弁当の他に、惣菜売り場で買ったらしいマカロニサラダやコロッケのパック、雑誌、化粧ポーチなどが広げられている。

「あんた、ちゃんとごはん食べてる？」

「食べてますよ」

ほら、とわたしは家から持ってきたお弁当を掲げてみせる。ロールパンふたつと、バナナ一本。料理をする気がおきず、台所にあったものを持ってきた。オノダさんとヤマネさんが意味ありげに顔を見合わせる。

ロールパンをちびちびと齧《かじ》っていると、オノダさんが話しはじめた。へんなお客さんの話、店長の話、バイトのなんとかくんとなんとかちゃんが最近いい雰囲気であること、オノダさんのお父さんの胆石、ヤマネさんの娘がダイエットをはじめた話。ぜんぶ、ぜんぶ、どうでもいい。口の中でロールパンが、ねとねとしたかたまりに変化し、飲みこむのに苦労する。

開きっぱなしの雑誌の見出しが目に入る。クラスター。自粛。

人一倍健康に気を遣って生活しつつも脳内では未知のウイルスと戦っていた夫は、この現実に直面する以前に死んだ。

「そしたら旦那がさー」

言いかけたヤマネさんが、はっと口を押さえるのを視界の端でとらえる。夫を亡くしたわたしの前でこんな話をすべきではない、と気遣っているのだろうか。構わないのに。だってヤマネさんの夫はわたしの夫ではないから。

「……久保田さん、よかったらこれも食べて」

コロッケのパックがわたしの目の前に置かれる。いえ、と断ったが、オノダさんは「食べなあかんで」としつこい。

助けを求めるように視線をさまよわせ、サエリをさがす。ねえサエリ、サエリ、と呼ぶと、背後からすうっと現れた。

食欲がないって言えばいいのよ、明日実。

そのサエリのアドバイスどおりに「すみません、食欲がなくて」と言うと、またふたりは顔を見合わせる。

「病院で診てもらったほうがええのとちがう、久保田さん」

「そうね。そのほうがええよ」

「いえ、食欲がないだけで、どこも悪くないんですよ」

ふたりを安心させるために微笑もうとしたが、唇がぴくっとひきつっただけだった。

「いやいや、病院で話聞いてもらうだけでもさ、楽になるんちゃうかな」

オノダさんとヤマネさんが診てもらったほうがいいと言っているのは、どうやらわたしの身体でなく心だったらしい。それならすこしも問題はない。わたしの心はすこやかだ。

「そしたらせめてこれ、持って帰り」

透明のパックに輪ゴムをかけて、わたしのトートバッグに押しこんでくる。もう断るのもめんどうで、ありがとうございます、と頭を下げた。

「どうしてほっといてくれへんのやろ、みんな」

仕事を終えた帰り道、わたしは隣を歩くサエリに問う。向かいからやってきた会社員ふうの若い男が、ぎょっとしたようにわたしを見る。彼にはサエリが見えないから、しかたないことではある。かわいそうな人だ。こんなきれいな女の子を見ることができないなんて。

サエリが薄く微笑む。

他人のことなんてほうっておけばいいのよ、明日実。

そのとおりだ。サエリはほんとうに、いいことを言う。


オーブントースターが音高く鳴る。もう十五年以上使っているのに、いまだに授業中にはりきって手をあげる子どもみたいな威勢のよさで鳴りやがる。

扉を開けると、アルミホイルの上にのったコロッケの衣がずぶずぶと音を立てて上下していた。端のほうは黒く焦げている。

わたしの職場であるスーパーマーケットは魚も肉も野菜も、このあたりではいちばん品揃えが豊富で商品の鮮度も良いと評判だ。以前はわたしも仕事の帰りに買い物をして帰っていたが、最近は売り場を何周しても食べたいものが見つからない。青果コーナーではいちごが甘い香りを放ち、惣菜コーナーにはたけのこやグリンピースの炊きこみご飯が並んでいたが、どうしてもそれらに手を伸ばせない。旬の食べものをしみじみ味わいたい気分ではない。

律佳はお父さんは家事ができないから死んだのがお母さんではなくてよかったと言っ

ていたけれども、今は料理なんかできなくても、コンビニやスーパーでそれなりにおいしいものが買える。もしかしたらわたしの死後に夫の家事能力が覚醒する可能性だっておおいにあったはずだ。

夫という人間は、わたしの知っている要素だけで構成されているのではない。サエリがそれを教えてくれた。

「ねえ、あの人はあれで案外器用なところもあったよね」

ダイニングテーブルに頬杖をついて本を読んでいるサエリに話しかけた。そうね、とすぐに答えてくれる。サエリはわたしの意見をけっして否定しない。

十枚切りの食パンはこんがりいい色に焼けている。きつね色、という表現があるが、わたしはトーストを見てきつねを連想したことはない。もっと食欲をそそる表現はないのかとすら思う。きつねって。獣やないの、ねえサエリ。

トーストのうえに千切りキャベツをのせ、その上にコロッケを重ねる。キャベツはすでに千切りになった状態で袋に入って売られているもので、半額になっていた。ソースをどぼどぼとかけて、それからコロッケの熱によって千切りキャベツがしなしなとかさを減らしていくさまを見守る。

「夫はこれが好きやった」

わたしが言うと、サエリは立ち上がってキッチンまで見にきた。休日の昼食によくこれを出したものだと、なつかしく思い出す。

皿にのせて、テーブルに運んでいく。

「いただきます」と両手をあわせる。

そういえば夫の物語の中には、食事のシーンがほとんどなかった。無人のスーパーから缶詰をとってきて食べる、みたいな場面はあったような気がするが、その描写はじつにあっさりしていた。夫はあまり食べものにこだわりがない人だった。

ひとくち齧って、痛みに顔をしかめた。親指の先が割れて、血がにじんでいた。洗いものをすると、わたしはすぐに手荒れをおこす。だからまめに手入れをする必要があるのだが、最近はハンドクリームを塗っていたかどうか、よく思い出せない。

サエリはわたしの正面に座っている。大きな瞳を物言いたげに見開いて、わたしの指に浮かぶ血を見ている。サエリが自分の顎を預けている手の甲はあくまでも白く、青い静脈がうっすらと浮いている。ささくれのひとつも見当たらない、美しい手。

「なんや」

なぜだか無性に、腹が立ってきた。きゅうにがまんがならなくなった。なんでこの子がここにいるんだろう。わたしの目に見えるのは、どうしてこの子だけなんだろう。あなたが命を救ってくれた、とこの子は言った。なんでこの子の命だったんだろう、夫のじゃなくて。

お湯みたいな温度の涙があふれてきて、それを手の甲で拭った。

「なんや、なに見てんねん」

サエリは黙っている。

「そらあんたは手も荒れへんわ、洗いものも洗濯もせえへんし、働いてるわけでもないもんな。なあ」

あんたはええな、と続けてからまだ感情がおさまらずに、もう一度同じ言葉を投げつけた。あんたはええな。赤ん坊だった律佳をおんぶして料理をしながら、ソファーで昼寝をする夫に同じ言葉をぶつけたことが、唐突に思い出される。

怒鳴られても、サエリは涼しい顔で自分の爪を見ている。桜貝のごとく可憐な、短く整えられた爪。荒涼たる世界の住人のくせに手荒れひとつしない。

生きてるあいだに、もっと大切にすればよかったんじゃない？　草介のこと。

サエリはわたしを見ずに、空中に放りなげるみたいに、その言葉を口にした。

ひとくちだけ齧ったコロッケパンをゴミ箱に叩きこむ。もう食べる気がしない。

死者は年を取らない。夢の中の人間もまた、そうだ。

わたしは今日も、ノートパソコンを開く。夫が書き残した文章を読み、なんのためにこれを書いていたのか、どんな気持ちでこの世界に浸っていたのか、必死で知ろうとする。それなのに、読めば読むほど、わからなくなる。

コロッケなんか食べたから髪から油の匂いがして、胸がむかつく。シャワーをざぶざぶと浴びた後、洗面所の鏡の前に立ち、しばしぼうぜんとする。このガイコツみたいな女は、いったい誰だ？

頬に手を当てると、鏡の中の女も同じ動作をする。なんだ、わたしか。夫が戦っていたゾンビはたぶんこんな顔をしていたんだろう。土みたいな顔色で、げっそりと頬がこけて。

わたしはゾンビになってしまった。

さらさらと、足の指のあいだを通り抜けていく砂。アスファルトの地面の上につもった砂。裸足で歩いたら危ないんじゃないのかな、とわたしは自分の足元を見下ろす。

どうやら夫の世界に入りこんでしまったようだ。サエリが現実の世界に飛び出してきて、こんどは逆パターンか。頭の片隅で冷静に分析している。

わたしの服は茶色っぽく、煮染めたようにくすんでいる。袖口のあたりがほつれて、穴がいくつか開いてもいる。こわくはなかった。夫がどこかにいるはずだ。会えるかも、という期待のほうが大きかった。サエリも一緒だろうか。

わたしは歩き出す。朽ち果てた看板に書かれた町名を、苦労して読み取る。自分の他に、人の姿はない。木片みたいにあちこち欠けたビルが並んでいる。誰もいないスーパーマーケットのガラスはすべて割れ、レジの機械は全開になって、一万円札がむき出しになっている。お金なんか、ここではただの紙切れなのだ。

空気が黄土色がかっていて、遠くが見えない。埃《ほこり》と古い油が混じったようないやな匂いがたちこめている。

お腹が鳴るのがわかった。小動物の鳴き声を思わせる無邪気さで、わたしのお腹はいつまでも鳴り続ける。空腹を感じるのはひさしぶりだった。

数メートル先を、人影がよぎった。それも、複数。夫とサエリだ。地面を蹴って走り出す。足の裏が砂で擦れて、痛いというより熱かった。息を吸うたび、汚《けが》れた空気が肺を汚《よご》す。

ねえ、ほんとうに、こんな世界で生きるのが望みだったの？

この世界では強く、たくましい夫。明日実ぃ、と情けない声でわたしを呼ばない。

ねえ、お父さん。わたしは叫ぶ。結婚してからずっとそう呼んでいた。律佳の前で草介と呼ぶと真似してしまうからという理由で「お父さん」と呼ぶようになり、一度そう呼びはじめると今度は名前を口にするのが恥ずかしくなった。草介、という名を、わたしは夫にたいして何年も発していない。

サエリと夫は歩いていく。手を繋ぐでもなく、寄り添うでもない。ただ過酷な運命を共に担う者同士の距離を保って、進んでいく。

わたしも連れていってよ。わたしは必死で、そう叫ぶ。

振り返った夫がゆっくりと首を振る。あかん、と夫は言った。この世界の夫ならば「だめだよ」とか「いけない」とか言いそうなのに。わたしも「はあ、なんで？」と、ついいつもの口調になってしまった。

お前たちは来たらあかん。

その言葉を残して、夫は砂ぼこりの中に消えていく。サエリは一度もわたしを振り返らなかった。

なんで？　なんで？　わたしはその場に膝をついて、叫び続けた。お腹の底から熱をもった大きな塊がせりあがってくる。口から飛び出した瞬間に、泣き声に変わった。

この世に落ちた瞬間の律佳もこんなふうに泣いていた。

ようがんばった、とあの時夫はわたしの手を握って言った。えらいぞ、明日実。

全身を震わせるようにして、喉が焼き切れるのではないかと思うほど声を振り絞って、わたしは泣きに泣き、そうして誰かに強く頰を叩かれた。

目を開けたら、律佳がわたしを覗きこんでいた。隣に、ユーコオバサンもいる。なんで、と言おうとして、顔をしかめた。喉がびりびりと痛む。

「うなされてたよ」

律佳が言って、顔をくしゃりと歪めた。笑ったのかと思ったが、どうやら泣くのをこらえているようだ。

「ぜんぜん既読もつかへんし電話も出えへんし、心配で来てみたんや。そしたら玄関とこに結子おばちゃんがおって、インターホン鳴らしても出えへんて言うから」

律佳が持っている合鍵をつかって入って来た時、わたしは床に倒れ伏していたらしい。目をつぶったまま「なんで？　なんで？」と泣き喚《わめ》いていたから、頬を叩いて起こしたという。

全身が痛む。足の裏が特にひりひりするのは裸足で砂の上を走ったからだ。なのに見下ろすわたしの足は靴下に包まれていて、汚れてもいない。

「お母さん」

床に膝をついた律佳が、顔をくしゃりと歪める。ごはん食べてよお、ねええ、お母さんまで死んだらあたしどうしたらええのぉ、と泣き喚きながら肩を摑んで揺さぶられる。おそるおそる手を伸ばして、律佳の頭に触れた。カラーリングを繰り返したせいかすこしぱさついて、犬の毛みたいだった。そうだ。父親をうしなったこの子を残して、母親のわたしまで遠くに行こうとしていたのだった。ごめんな、こわかったな、と撫でると、泣き声が大きくなった。

「なあ、明日実さん」

膝を折ってわたしに話しかける彼女の顔を、わたしは見つめる。はじめて会った人のように、まじまじと。名前を呼ばれた、今、たしかに。

「もっとあたしたちに頼りなさい。なにを意地になってるんかしらんけど、ひとりで抱えこまんといて。あんたにとってあたしは血のつながりもないただの旦那の親戚のおばさんかもしれん。べつに好きでもなんでもない、ただの女やろ。けどたったひとりの息子みたいな甥を亡くしたあたしとたったひとりの旦那を亡くしたあんたは、助け合っていくしかないんやで。ええかげん、わかりなさい」

そうまくしたてる結子おばさんの顔からわたしは目がそらせない。本人の言うとおり、わたしが好きでもなんでもないただの女、年取った女の顔。けれどもわたしのことを、本気で心配してくれている顔だった。

結子おばさんの手がわたしの背中に添えられる。かすかに揚げものの油みたいな匂いがする。律佳からは甘いような匂いがする。現実の女には体臭がある。体温も。触れているところから、汗が滲《にじ》む。

「あ、そういえばサエリは？」

わたしは立ちあがって、部屋中を見回す。さっきから姿が見えない。サエリ、サエリ、と呼びながら、浴室や寝室、ベランダを覗いた。どこにもいない。

「ちょっと、サエリってなに？」

「夢の女や」

「は？」

わたしの後を追いかけてきた律佳に説明しようとしたが、読んでもらうほうがはやいだろう。ダイニングテーブルに出しっぱなしになっていたノートパソコンを指さした。

「読んで。読んだらわかる」

「え、これ？」

「エヌって書いてあるフォルダや」

律佳がフォルダをクリックし「あっこれ、写真やん」と画面を指さした。

まだ結婚する前、万博記念公園で太陽の塔を背景にならぶわたしと夫の姿が表示される。「うわー、若いー」

無邪気に笑う律佳は、どうやら「S」のフォルダを開いたようだ。今までずっと「N」に気をとられていて、「S」は見たことがなかった。写真のエスだったのか。アルファベットで表記するならphotoで「P」ではないのか。

律佳のはじめての沐浴、お宮参り、離乳食を吐き出した瞬間などの画像が、つぎつぎと表示される。七五三、保育園の発表会、小学校の入学式、中学の卒業式、わたしの誕生日に律佳が焼いてくれたケーキの画像もあった。

家族で海水浴に行った時の写真では、わたしは焼きそばを食べていた。いちおう笑顔だが、赤目になっている。地区の運動会でパン食い競走に参加したわたしは鼻の穴を全開にしている。みっともないからいますぐデータを消してくれと頼んだはずなのに、夫のやつめ、しっかり保存していたのか。

夫がうつっている写真はほとんどない。撮影はいつも夫の役目だった。

「あ、これ」

最後に表示された画像は、夫が死ぬすこし前のものだった。夫がたこ焼きバーガーを買ってきた日の写真だ。ソファーに座ったわたしと律佳はたこ焼きバーガーを手に、大口を開けて笑っている。いつのまに写真なんか撮っていたのだろう。

いったいなにがそんなにおかしかったのか、律佳と夫といったいなんの話をしていたのか、もう思い出せない。写真の中のわたしはやっぱりちっともきれいじゃなくて、ばかみたいに幸せそうだった。


モノレールのホームに立ち、路線図をさがす。万博記念公園駅、という名に人さし指で触れる。律佳が生まれてからは行ったことがなかった。

古い写真を見た後、律佳が万博記念公園に行こうと言い出した。律佳の休みとわたしの休みが合う日がなかったし、気軽に外出できない日々も続き、けっきょく今日になってしまった。あの頃は桜が咲いていたのに、今ではもう木々が赤や黄色に染まっている。なぜか結子おばさんもいっしょだ。女三人、とくに会話が弾むでもなく、ただ並んでモノレールの到着を待っている。いつも喋り過ぎるぐらい喋る律佳も、みょうに無口だ。サエリはあれから一度もわたしの前に姿を現さない。どうして急に消えてしまったんだろう。あんたはええな、なんて怒鳴ったから、わたしのことが嫌になってしまったんだろうか。

モノレールを降りたら、もうすでに太陽の塔が見えている。

万博記念公園に向かうには大きな橋を渡らなければならない。今日は天気が良いからか、小さな子ども連れの家族が目立つ。律佳が小さかった頃に比べてずっと、父親がベビーカーを押したり抱っこ紐を装着している光景が増えたと感じる。彼らの邪魔にならないようにと、一列に並んで歩いた。

売店のフリスビーを欲しがって幼児が泣いている。これはもっと大きい子用やで、と親が宥《なだ》めているのを聞きながら、そこを通り過ぎる。どうせすぐ遊ばんようになるやんか、と諭している。子どもはみんなそうだ。すぐに飽きるし、さもなければすぐに壊す。わたしは律佳の後ろを歩いている。振り返って、わたしの後ろの結子おばさんが遅れていないか確かめた。

芝生と長い遊歩道を目にした瞬間に、よみがえった。夫の遠ざかっていく背中が、ついさっき見た光景のように。

　夫とは、はじめて会った日に連絡先を交換した。その後電話で何度かやりとりをしたのち、なぜかピクニックに行こうということになった。いわゆる初デートということになるのだが、その単語から想像されるような甘やかな雰囲気はいっさいなかった。歩く時に夫がわたしに歩調を合わせてくれなかったから、ほとんど小走りに近い状態であとをついていった。

「あの、もうすこしゆっくり歩いてくれへん？」

　息を切らしながら訴えたら、びっくりしたような顔で頷いた。すぐに歩調をゆるめてくれたのだが、しばらくすると忘れるのか、またもとのスピードに戻ってしまう。ためしに立ち止まってみたら、夫はそれに気づかずにひとりで歩いていった。どんどん小さくなっていく紺と白のチェック柄のシャツの背中を見送った。それ完全にお母さんが中学生の息子に買ってくるシャツやん、と思いながら。はじめて会った時はもうすこしおしゃれな服を着ていたような気がする。あれはいったいなんだったのかと、呼吸を整えながら訝《いぶか》しんでいた。

　すでに数十メートル先の地点にいる夫が、突然きょろきょろしはじめた。ようやくわたしがついてきていないことに気づいたらしい。

「明日実ちゃん」

口元に両手を添えるお手製メガホンをつかって、夫はわたしを呼びはじめた。近眼なのか不注意なのか、それともよほど動揺しているのか、後方に立ち尽くすわたしに気づいていなかった。夫は、「明日実ちゃん、明日実ちゃん」と叫びながら右往左往しはじめた。その声の大きさたるや、芝生に寝転がっていた人が驚いて飛び起きたほどだ。

名を連呼される恥ずかしさに耐えきれず駆け寄ったら、夫は自分の膝に両手をついて「よかったー」と息を吐いた。

「悪いやつらにさらわれたんかと思た」

悪いやつら。その響きはわたしにショッカー的な悪の組織を連想させ、膝を折ってげらげら笑ってしまった。視線が低くなって、夫のシャツの裾からタグみたいなものが覗いているのが目に入った。

中学生みたいなシャツは新品なのだと知り、ますますおかしくなった。自分に会うためにわざわざ服を新調したのだと思ったら目の前の男が急にかわいく思えてきた。歩調を合わせてくれないことも、服のセンスがおかしいことも。

のちにはじめて会った日に着ていた服は友だちに選んでもらったもので、件《くだん》のシャツはわたしとの初デートのためにはりきって買いにいった服だったと知ることになった。はりきるほどにださくなる人だと理解できた頃にはもう好きになってしまっていた。

そうだ。「かわいい」と感じていたんだ。ゆるやかな坂道になっている遊歩道をゆっくりと歩きながら、しみじみと思い出す。すこし頼りないところも、鈍感なところも。結婚後に夫の欠点だと感じた部分はすべて、恋をしていた頃には「かわいさ」に変換されていた。

夫もそうだったのだろうか。結婚して子どもを産んだらかわいげがなくなったと言うのだから、結婚する前は、ちょっとぐらいはわたしのことを「かわいい」と感じてくれていたのだろうか。

太陽の塔が近づいてくる。正確にはわたしたちが太陽の塔に近づいているのだが、なにせ大きいので向こうからぐんぐん迫ってくるような錯覚をおぼえる。万博が開催されていた当時は、どんなふうに人びとの目にうつっていたのだろう。はじめてここに立った時も、今も、わたしの目にはよくわからないでかいもの、とうつる。

凡人には芸術はちょっとむずかしいなあ、けどよう見たらこの顔けっこう親しみやすくもあるなあと言い合った相手は、もう隣にいない。

太陽の塔のまわりを、ぐるりと一周してみた。律佳たちもついてくる。よちよち歩きの子どもが母親の吹くシャボン玉にはしゃいでキャアキャアと高い笑い声をあげているのが聞こえる。律佳もあんな時期があったのに、今ではもう、わたしより背が高い。

淡い色をした空のずいぶん高いところで、雲が羊の群れのように連なっている。

律佳がおなかがすいた喉がかわいたと騒ぎ出したので、売店で焼きそばを、自動販売機でコーラを買った。

「レジャーシート持ってきたらよかった」

「ほんまやね」

律佳と結子おばさんはハンカチを広げて、尻の下にしいている。わたしはすこしぐらい汚れても平気だから、そのまま芝生に腰を下ろした。

割り箸を手にとって、いただきます、と頭を下げる。紅しょうがをつまみあげるわたしの横顔を、律佳と結子おばさんがなにげないふりを装いながら窺っている。気がついたけれども、気がついていないふりをする。

わたしが食べると、ふたりも安心したように食べはじめた。キャベツのかけらが申し訳程度に入っているだけで、肉は見あたらない。強烈にソース辛くもある。そのわりにはええ値段するよなあと思ったが、屋外で食べる焼きそばはやたらとおいしかった。コーラじゃなくてビールのほうが合いそうだけど。

さっきシャボン玉で遊んでいた親子連れが、今はすこし離れたところにシートを広げて座っている。風が吹くたびにシートの四隅がめくれあがって、子どもは目をまんまるにしてそれを見ている。

風で冷やされて麵同士がくっついた焼きそばのかたまりを、どんどん口に押しこんでいった。むぐむぐと咀嚼《そしやく》しながら、サエリはこんなぎとぎとした食べものは口にしないのだろうなと考えている。

だけどわたしは食べる。

思えばいつだってそうしてきた。律佳を身ごもっている時、つわりに苦しみながらなんとか食べられそうなものをさがして食べた。トマトを丸かじりし、ゼリーを流しこんだ。吐いて、食べて、吐いてまた食べた。

赤ん坊の律佳の夜泣きと後追いがひどかった時期も、寝不足でふらふらしながら手づかみで米飯を食べた。律佳が床にたたき落としたクリームパンを食べた。捨てたら勿体ないから。なにをどうやっても泣きやまない律佳をおんぶしたまま立ち食いのうどん屋に入ったこともある。「赤んぼ泣いとるやないか、今食わなあかんか？」と知らないおっさんに呆れられながら、その余計なお世話に心底むかつきながら、なにか言い返す間も惜しく麺をすすった。

昏睡状態の父のベッドの脇で、コンビニのおにぎりを食べた。乾いた海苔が頰の内側に張りついて、飲みこむのに苦労した。落ちこんだ時にも、食事を抜くなんて考えられなかった。いつからこんなに食べられなくなったんだろう。警察から連絡があって、夫の遺体を確認した帰りにも、わたしは家でカレーを食べたはずだった。悲しさより「これからたいへんなことになる」という恐れが先立った。だからしっかりしなきゃ、とスプーンを握りしめたことを思い出す。

「なあ」

傍らの律佳に話しかける。あのあと律佳にも夫の物語をすべて読んでもらおうとしたのだが「目が滑る」と言って最新のファイルを読んだだけで音《ね》を上げてしまった。

「お父さんのあれ、どう思った？」

「あの映画のパクリやな、と思った」

律佳が挙げた映画のタイトルには覚えがあったが、それが映画館で観たものなのか、テレビで放送されたのか、レンタルしたものなのかはもう記憶がない。

律佳が言うには、夫が借りてきたＤＶＤを家族三人で観たらしい。

映画の途中でわたしは夕飯をつくるためにキッチンに入ったそうで、ラストがどうなったか知らないのはそういうことかと納得する。

「まあ、ふつうかなーぐらいの感想やったけど、お父さんは夢中になって、前のめりになって観てて。『お父さんってこういうゾンビとか出るやつ、ほんま好きやな』って言うたらな、お父さんが……」

強い風が吹いて、きゃあという叫び声が聞こえる。風が親子連れの荷物を飛ばしたようだ。母親が帽子を押さえつつ、もう片方の手で子どもの背中を庇《かば》っている。

足の甲がつめたい。芝生に置いたコーラが倒れているのに気づく。ストッキングに包まれた足の甲の上に白く泡立つ水たまりができている。結子おばさんから差し出されたティッシュで拭くわたしの頭上に、夫の言葉が降ってくる。

「男のロマンやな。でも律ちゃんとお母さんには、ぜったいこんな目に遭ってほしくないな」

って答えてさ、なんか涙目になってて、あほちゃうって思ったからよう覚えてんねん、と続けた律佳は食べ終えた焼きそばのパックをがさがさいわせながら片付けている。

お前たちは来たらあかん。夢のような、夢ではないようなあの場所で、夫が言ったこと。そういう意味だったのだろうか。いや、違う。あれもわたしの頭が都合よくつくりあげたものだ。夫の真意はわからない。

はっきりとわかるのは、もう会えないということ。たしかめようがないということ。

冷え切った焼きそばの残りを口に入れた。しっかり噛んで、飲みこんだ。食べなければならない。わたしは夢の女ではないから。生きているから。

また強い風が吹く。寒ぅ、と結子おばさんが首をすくめるので、そっと身体を寄せた。律佳もわたしにぴったりとくっついてくる。

「寒いねえ」

「もう帰ろうか」

「そうやねえ」

そんなことを言い合いながら、誰も立ち上がろうとしない。白いビニール袋が風で高く舞い上がって、空の高いところで左右に揺れる。地上から見上げているとそれはなにかひたむきでいたいけな、ちいさな生きもののようだった。わたしたちはしっかりと身を寄せ合ったまま、目に見えないものがなにかを動かす様子を、ただじっと見守っている。

深く息を吸って、

中学校のトイレは薄暗くて、床にも壁にもいやな臭いがしみついている。

きみはハンカチを口にくわえて、なるべく息をしないようにしながら手を洗う。正面にある鏡と目が合わないように下を向く。

きみは自分の顔が好きじゃない。目の下と口もとの目立つところにほくろがあるし、鼻のまわりにそばかすも浮いている。前髪で隠しているけど額にはいくつか吹き出物ができている。自分の顔にはどうしてこうもよけいなものがいっぱいついているんだろう、と思っている。

お母さんやお姉さんはいつも顔のことできみをからかう。容姿が劣っているぶん笑顔や愛嬌でカバーするべきだとも言う。暗い顔をしていたらますますかわいくなくなるらしい。きみはだから懸命に笑おうとするが、失敗する。ニスを塗られたみたいに頬がかちかちになってしまう。そうしてきみはますます周囲に陰気な印象を与えるし、そんな自分のことがますます嫌いになる。

海と山にはさまれたこの町には、小学校も中学校もひとつしかない。中学生になったのにクラスメイトの顔ぶれはまったく変わらない。

トイレを出て教室に戻っても、きみの呼吸は浅い。そうすれば自分の輪郭があいまいになって、空気のように透明な存在になれる気がする。

窓際でかたまっている女子たちが、きゃーっと笑い声をあげる。昨日テレビで放送された歌番組の話をしているらしい。

彼女たちがかっこいいと言うそのバンドの曲はもちろん知っているが、写真を見てもだれがボーカルでそのほかのだれがどの楽器を演奏しているのかはきみにはわからない。家ではテレビを自由に見ることができない。野球や相撲が大好きなきみのお父さんがチャンネルの決定権を独占しているからだ。家族が文句を言うとお父さんは「俺が買ったテレビだぞ」と声を張り上げる。

家の中で働いているのはお父さんだけだから、きみのお母さんはそう言われると黙りこくってしまう。だれのおかげで食べていけると思っているんだ。学校に通えると思っているんだ。そんなふうに脅すのは完全なる暴力なのだということを、「いえ」というちいさな王国に住んでいるきみは知らない。ある同級生の子の「いえ」のように、お父さんから殴られたり蹴られたりしたことがないぶん恵まれているとすら思っている。

教室のうしろにいる男子たちはわあわあと粗暴な声を上げて大騒ぎの真っ最中で、きみはけっしてそちらを見ないようにする。以前そのなかのひとりと目が合った際に、なに見てんだよブス、と怒鳴られたからだ。

人気のあるバンドの話をしているグループとはまたちがう、もうすこしちいさなかたまりがある。きみの友人たちが、きみの知らないドラマの話をしている。友人ではあるけれども、その話題には入れないとわかっているから近寄らない。

ただハンカチを口にあてて、浅い呼吸を繰り返す。自分と「話が合う」同年代の人間なんて、この世のどこにも存在しないような気がしている。

きみが暮らしているちいさな町には、個性とか多様性とかそんな言葉は存在しない。みんなが好きなものを好きにならなければいけないことになっている。インターネットも存在しない。存在していたとしても、きみは触れることすらできないだろう。だってテレビのチャンネルすら選べない王国の民なのだから。

だれとも目を合わせないように、きみはのろのろと教科書を出す。次の授業がはじまる。

きみは成績が悪い。はっきり言って、すごく悪い。授業中にぼんやり空想するくせがある。先生の話を聞いていないのだから教科書の内容を理解できないのは当然で、理解できないからますます授業中ぼんやりしてしまう。

これではまずいと思ってはいるのだが、自分ではもうどうすることもできない。きみが良い点数をとれるのは、国語と英語だけ。言葉をあつかう時だけ、きみの意識はその場にとどまっていてくれる。

学校が終わると、きみはひとりで「いえ」に帰る。「いえ」は山を背に立っていて、山から流れてきた川は海に繋がっている。橋をわたる時、いつも空を見上げる。橋の下でうごめいている、足がうじゃうじゃ生えている黒い虫を見ないようにするためだ。

頭上は青く澄んで雲一つないけれども、その空を美しいとは思えない。濃い緑の山や銀色に光る海もそうだ。そうしたものがよってたかって、自分をここに閉じこめているような気がする。どこにも行けない。どこにも行けやしない。

お父さんがまだ仕事から帰ってきていないこと、お母さんが台所にいることをたしかめて、納戸に足を踏み入れる。自分の部屋がないからだ。木でできたみかん箱、それがきみの机だ。

八歳年上のきみのお姉さんは、すでに「いえ」を出ている。お姉さんは自分の部屋を持っていたから、彼女が出ていったらそこが自分の部屋になるのだと期待していた。

でもそうはならなかった。ひとりぐらしをしていたきみのおじいさんを引き取ることになったからだ。おじいさんは心臓と足が悪い。だけど頭と目はしっかりしていて、きみの顔を見るたび「ほくろを取る手術を受けろ」としつこく言う。

おじいさんは他人の容姿をからかうことを気の利いたコミュニケーションの方法だと

思っている。きわだった反応を示さないきみは、おじいさんの目にはひたすら愚鈍な娘であるとうつる。でもきみはそれを知らない。ただすなおに、ああやっぱりわたしは醜いのだなと静かに落胆している。

納戸の戸につっかいぼうをして、みかん箱の底に隠しておいた映画雑誌をそうっとそうっと開く。それを買うために、きみは一か月のおこづかいの半分を費やさなければならなかった。

折り目がついたり破れたりしないように慎重に頁《ページ》をめくる。ハリウッド。ドレス。拳銃。スパイ。アクション。ロマン。日常生活でつかうことのない文字を指の先でなぞってはうっとりと息を吐く。買ってからもう何十回も読み返している。

ファンレターの例文のコーナーだって、もうほとんど暗記してしまった。

書き出しは「Dear」で、そのあとに相手の名を書くこと、それだけは以前から知っていた。

親愛なる、という意味だと授業では教えられたが辞書をひいたらそこには「かわいい」とか「大切でいとしい」という意味も載っていた。

もしかれにファンレターを出すとしたら、それはちょっとなれなれしいかもときみは案じている。だってかれはきみのことなんか知らないのに。大切でいとしい、だなんて。

かれを知ったのは小学校の修学旅行の時だった。一泊二日の、長崎への旅だった。貸し切りバスの中で、行きの道中は全員でしりとりとか伝言ゲームをしなければならなかった。きみはそれがとんでもなく苦痛だった。

でも帰りは運転手さんがバスについているテレビで、ビデオの映像を流してくれた。テレビで放送された洋画を録画したもので、画質はすこぶる悪かった。テレビの画面もすごくちいさかった。ほとんどのクラスメイトは寝たりお喋りをしたりしていたけど、きみは映画がはじまってすぐに夢中になった。

森の中に死体を探しにいく四人の少年のお話だった。四人のうちのひとりがかれだった。髪は金色で、瞳はふしぎな色をしていた。その瞳にぴったり合う色の名前を、きみは知らなかった。

画面のなかのかれは、なんだかさびしそうだった。そういう役を演じているのだとは思わなかった。この人はさびしい人、そう思った。

さびしくて、謎めいた、うつくしい人をきみは必死に目で追い続けた。どんなわずかな動きも見逃すまいとした。

バスはすこしずつ小学校に近づきつつあった。映画のラストが見られないんじゃないかとハラハラしていたけど、いくつかの信号にひっかかったことで、ぶじラストシーンまで見届けることができた。最後に流れたテロップによって、かれの名も知った。

川、という意味をもつその名を、きみは最初とても奇異に感じた。外国の本ならいくつも読んだことがあったけど、出てくる人はみんなジョンとかアンディとかそういう名だったから。

ふしぎな名のせいで、かれはよりいっそう謎めいた存在となった。

バスを降りたきみは、ゆっくりと歩いた。もしはげしい動きをしたり、誰かと喋ったりしたら、今しがた得たかれの記憶や自分の思いが耳からこぼれ落ちていきそうで、頭を水平に保ってゆっくりゆっくり、慎重に家まで歩いて帰った。

その日から、きみの世界が変わった。恋をしたら白黒の世界に色が満ちあふれた、というような劇的な変化ではなかった。きみを取り巻く要素はなにも変わらない。でも、遠くにある色に気づいた。

「世界」は今いる場所だけではないのだとはじめて知った。この海の向こうには大陸があり、そこにあのうつくしい人が存在している。

映画の中で目にした風景は、自分が住んでいる町とはまったく違っていた。手にしている菓子や煙草のパッケージも。人々のちょっとした仕草や表情ですらまったく違った。ここではない世界がある、という事実の片鱗にはじめて触れた。

おこづかいを投じて買った映画雑誌のカバーを飾っているのはかれではなかった。かれの写真を使えばいいのに。この雑誌をつくっている人は見る目がないのかな。なんてことをきみは考えている。それと同時に、かれの魅力がわかるのは自分だけだという優越感もある。そんなふうに思っている女の子がそれこそ世界中に存在することを、きみは知らない。

やがてきみは雑誌の裏の広告に目を留める。過去に公開された映画のチラシやパンフレットやポスターを通信販売してくれるのだという。

この納戸の壁にポスターをはることを、お父さんやお母さんが許してくれるはずがない。パンフレットはすこし値がはる。だからきみは、かれの出演作品のチラシを買うことにする。一枚数十円だし、その大きさなら下敷きにはさむことだってできるから。

通信販売の封筒がいつ届くのか、それはわからない。だからきみは毎日、そわそわと郵便受けをのぞく。到着が楽しみなのとはべつに、お母さんたちにばれてしまったらどうしよう、という心配もある。

おさない頃、きみは「大人になったらお話を書く人になりたい」と家族の前で話したことがある。

絵を描くのも好きだった。「アトリエ」という言葉を覚えたての時に「自分のアトリエを持ちたい」と言ったこともある。

きみのお母さんとお姉さんは、どちらの時にもげらげら笑っていた。あんたみたいななんの取り柄もない子が、そんな特別な才能が必要な職業につけるわけがないと決めつけた。

お姉さんはきみが「自分のアトリエを持ちたい」と言った時のうっとりしたような口調を何度も真似してみせた。真似る回数を重ねるごとにどんどんオーバーになっていって、いたたまれなかった。

かれおよび映画を好きになったことを、大人になったら映画にかかわる仕事をしてみたいなあとぼんやり憧れていることを、きみはぜったいに学校のみんなや家族に知られてはならないと思っている。みんなと同じものを好きでないことはいけないことだし、自分みたいな者が夢を持つのは恥ずかしいことだから、隠さなければならない。

そうやってたいへんな苦労をして、お母さんの目に触れることなくチラシを手に入れたきみは、そこに書かれたあらすじを何度も読んだ。期待していたよりもずっと、かれの写真はちいさい。

閉じた瞳の奥で、写真の中のかれが動き出す。バスの中で見た映画は吹き替えだったから、きみはかれの声を知らない。だから想像で補おうとする。

あらすじによるとピアノを弾く役どころだという。かれの指がしなやかに動いて鍵盤を打つさまや、その際かすかに震えるにちがいない伏せた睫毛の長さを想像する。

壁紙はどんな色だろうと思う。床はどんな素材でできている？　その部屋には窓があるだろうか？　さしこむ日差しの強さは、日本のこの町とはどんなふうに違う？

想像の世界に入っていく時、まず目の前から納戸の壁が消える。床についた手の感覚がなくなる。身体は次第に透明になり、重力を失って空気にとけこむ。

きみの想像するかれの世界に、きみ自身が介入することはけっしてない。教室にいる時とは違う意味で、透明になりたいと願っている。一ミリも、一グラムも、きみはかれの世界を邪魔したくない。

かれがそこにいる。呼吸するだけで、あるいはまばたきするだけで、周囲の空気がかすかに震えるだろう。

きみはノートを開いて、頭の中に流れる映像を文字や絵に残そうとする。だけど鉛筆はぴくりとも動かない。かれが食事をするさまや学校の授業風景を描写することもできない。だってアメリカの学校の教室がどんなふうなのか、きみは見たことがない。言葉もイメージも圧倒的に不足している。それをまた「自分に才能がないから書けないのだろう」といとも素直にあきらめる。


八歳年上のお姉さんが、きみを自分のアパートに招いた。日当たりが悪くて、畳も襖《ふすま》も色褪《いろあ》せている。だけどテレビとビデオデッキがある。きみの目にはすばらしいお城のようにうつる。

お姉さんは、自分が働いている洋服店に行こうと言う。服を買ってあげるという申し出に、きみは首をふる。じゃあ靴は？　バッグは？　そうだ、アクセサリーは？　いらない。美しく装いたい、という気もちを、きみは持たない。持たないように心がけている。髪にブラシをあてているだけで「色気づいて」とからかわれる王国で暮らす者には、そんな気もちは余計な荷物にしかならない。

お姉さんは働いていくばくかの収入を得たことで、心の余裕が生まれている。なにか買ってやりたいと思うぐらいには、年の離れた妹をかわいいと感じているらしい。でもそのことをきみは知らないから、いったいなにをたくらんでいるのだろうと訝しんでいる。

あれもいらない、これもいらない、ときみに言われてつまらなくなったお姉さんは、自分の恋人の話をはじめる。写真を見せてくれるのだが、きみの目にはお姉さんの恋人が凡庸な男にしか見えない。現実の恋とはなんとつまらぬものだろうとこっそり息を吐く。

お姉さんはきみにもっとおしゃれしたほうがいいとすすめる。きみだってにこにこ笑っていればもっとかわいく見えるし、もてるようになるはずだと主張する。

またその話かとうんざりしながら、きみはお姉さんの言葉が途切れるのを待って、おずおずと切り出す。どうしても見たい映画があるのだと。

お姉さんはきみをレンタルビデオ店に連れていってくれる。映画雑誌の中の文字でしか知らなかったタイトルが記されたビデオテープが並んでいる光景に、きみは叫び声を上げそうなほど興奮する。これはこういうお話で、それでこれはこんなお話で、と説明するきみに、お姉さんは驚く。なんで知ってるの、と言われ、きみは正直に話したらまた笑われるんじゃないかと心配になる。だけどその時のお姉さんは笑わなかった。

映画っていいよね、と頷いてくれる。恋人ができたことがお姉さんを寛容にしたのかもしれないし、あるいは「いいえ」を出たせいかもしれない。きみが凡庸だと決めつけた男が映画好きだったのかもしれない。

何度も棚のあいだを行ったり来たりして、きみはようやくかれの映画を見つける。あった、ここにあった。ただそれだけで神さまに感謝したい気分になる。ふだん神さまのことなんて考えもしないくせに、お姉さんにお礼を言うだけでは足りない気がしたのだろうか。

カーテンを閉め切った部屋で、きみはついにかれの映画を見る。ビデオに入っている予告編を早送りしようとするお姉さんの手を摑んで、ぜんぶ見せてほしいとせがむ。映画の予告編はあとで想像をめぐらすための大切な材料だから、なにひとつ忘れぬよう網膜に焼きつけようとする。

映画のはじまりの場面は想像とは違った。すこし似ているところもある。きみははじめて彼の声を聞く。それだけで涙があふれそうになる。

あんたこういうのがタイプなんだ、ときみのお姉さんがこたつに肘をついて笑っている。外人とつきあいたいのか、というようなことも問う。

　理想が高すぎるといつまでたっても恋人ができないよと真顔で忠告するお姉さんに、自分の思いを説明することができない。もどかしさに喉がふさがれる。

　ちがう、と言いたい。つきあいたいとかタイプとか、そういうんじゃない。だってきみは想像の中に、きみ自身を登場させたことが一度もない。かれはきみにとって遠くのうつくしい世界そのものだから。人のかたちをした、世界そのものだから。

　それは現実の世界で異性に選ばれるということよりもずっと重要な意味を持つことなのだと説明するための言葉を、苦しい息の下で、さがし続けている。


　かれと、かれのいる遠い世界への憧れは、日増しに強くなる。図書室で、かれの国の小説ばかり選んで読むようになる。きみが手を出せる「知らない世界」はそこにしかないからだ。古いものも、新しいものも、かたっぱしから読んでいく。食べたことのない食べものの名、たとえばターキーのサンドイッチとかそういうものが出てくると頁をめくる手をとめて、はたしてかれはこれを口にしたことがあるだろうかなんて考えている。

　写真で見るかれの表情は、いつもどこか憂いを帯びている。さびしい人だ、という印象はさほどまちがってはいなかった気がしている。

　学校でもどこでも、写真を撮る人はみんなきみに笑顔を要求してくる。笑って。笑って。笑顔のほうがかわいいよ。笑顔の人は周囲を明るくするよ。

でも写真にうつるかれは笑っていない。誰かに愛されるために、求められるためにうその笑顔をつくったりはしない。


きみは以前よりぼんやりすることが増えて、ますます成績が悪くなった。お父さんは「お前の頭の悪いところが遺伝したのだ」とお母さんを罵《ののし》る。

お父さんとお母さんは、思えば昔から仲が悪かった。お見合いだったから、とお母さんは言う。断れなかったのだそうだ。お母さんは「結婚しなきゃよかった、後悔してる」とも頻繁に口にする。

あの時お見合いを断っていれば、今ごろこんなところにいないはず。そう思っているらしいお母さんはきっと自分という娘を産んだことも後悔しているに違いないと思うたびきみの胸は痛くなる。比喩ではなく、ほんとうに痛くなる。

そのくせお母さんは誰か結婚していない人を見ると「はやくいい人を見つけなきゃね」と声をかける。結婚した人には「お幸せに」と。

きみはそのことがふしぎでならない。自分はなにひとつしあわせでない様子でいながら、どうして他人にはそんなにも熱心に家庭をもつことをすすめるのか。「いえ」が彼女を幸福にしているようには、どうしても思えないのに。

教室はきょうも騒がしくて、空気が薄い。きみはノートのページをめくって、下敷きを見る。正確には、下敷きにはさんだ映画のチラシを。

納戸で見ている時間だけではもうもの足りないほど、きみの憧れは強い。誰の目にも触れないようにこっそり使えば問題ないと思っていたのに、めざといクラスメイトが「なにそれ」と下敷きを指さしてくる。

クラスメイトはきれいで、声も大きくて、いつも目立っている。彼女が「いい」と認めたものを、周囲は支持する。彼女が「へん」と評したものは、ばかにしていいことになっている。嗤《わら》っていいという新しいルールが生まれる。

きみは小学生の頃、彼女に靴を隠されたことがある。理由は覚えていない。なにか彼女とそのとりまきの反感を買うようなことをしたのだろう。

靴を隠されてあわてるきみを、彼女たちは物陰からのぞいて笑っていた。それに気づいた時、きみも笑った。「やめてよー」とへらへらしてみせた。泣いたり、先生に言いつけたりすれば靴を隠されるどころではすまなくなることを知っていた。

今ではもう彼女も靴を隠すような子どもっぽい真似はしないだろう。でも当時とおなじ屈託のなさで、ひょいときみの下敷きを取り上げる。

彼女の友だちが気づいて、寄ってくる。きみの机をとりかこむようにして、下敷きが手から手へ渡される。

なにこれ。映画？　知ってる？　知らない。えー。あたしあの人なら好き。ほら、車のCMに出てる。えーあたし外人ってむり。こういう目の色ってむり。ガイジンという言葉が彼女たちの口から発せられるたび、汚れた上靴で踏みつけられたような気分になる。

かれならこんな時どうするのだろう。浅い呼吸をくりかえしながら、きみは必死に考える。大切なものを汚されたら、かれなら。手のひらにじんわりと汗が滲む。

かれならこんな時、気弱にうつむいたりしない。そう思ったから、まるまっていた背中を、ぴんと伸ばした。

かれならきっと「やめてよー」なんてへらへら笑ったりしない。かれは、おかしくない時には、笑わない。

きみは自分をとりかこんでいる彼女たちにむかって、手を伸ばす。まっすぐに。

それ、返して。にこりともせずに言えた。

声がすこし震えていたけど存外大きかったことに、きみはさらなる勇気を得る。

それ、返して。静かに、落ちついた声で繰り返す。また手から手へと下敷きがわたって、そっときみの手に戻された。

彼女たちはつまらなそうにきみから離れていく。

大きく息を吐く。頭の後ろのあたりがじんと痺れて、指先にはほとんど感覚がない。

吐く息が大きいと、吸う息も大きくなる。教室でいつも息をひそめていたきみは、はじめてそのことに気がつく。

他人から見れば、たったそれだけのこと。でもきみにとっては、たったそれだけではなかった。

きみはこれから大人になる。胸いっぱいに抱えている憧れはたくさんのちいさなかけらになって散らばっていき、これから進む道のあらゆるところで、きみはふたたびそれらに出会うだろう。

きみがもうすこし成長してから手にする香水瓶の中に、かけらはある。動物園の七面鳥の羽の下に。はじめておとずれた大きな街の書店の棚のあいだに。偶然耳にするピアノの音とともに。

きみが手にするパスポートにはさまっている。降り立った遠い国の土の上に。濃い青色の空と地平線と、かわいた風の中に。

いつか綴りはじめるきみ自身の物語の一行目にも、憧れのかけらはひそんでいる。大切な、いとしいきみを、そこで静かに、じっと待っている。だからそう、今みたいに顔を上げて。深く息を吸って、ゆっくりと吐いて。きみはきっと、だいじょうぶ。

口笛

それが口笛であると気づくのに、数秒を要した。ふだんたわむれに吹く自分の口笛よりもずっと、たしかな音程と音量で耳に届いたから。知っている曲だったが、タイトルが思い出せない。

初音《はつね》は自転車をとめて、それがどこから聞こえてきたのかをさぐる。周囲に人の姿はない。

「どうしたの？」

とつぜん自転車をとめてきょろきょろしはじめた初音を、美姫《みき》がけげんな顔で見ている。保育園に通う姪の送迎の「迎」の部分を担当することになって、急ごしらえで自転車の後部に子ども用のシートを取りつけた。そこにおさまる美姫は四歳にしては大柄で、窮屈そうに身体を縮めている。

「口笛が聞こえたから」

答えると同時に、電車が頭上を通り過ぎた。美姫の通う保育園は駅の近くにある。迎えはいつも高架沿いのまっすぐな道を走る。

「くちぶえがきこえたから?」

小さな口が、初音の言葉を復唱する。まとめてひとつの単語のように、抑揚なく。口笛はもう聞こえなかった。


生家の玄関に「小宮《こみや》」の表札が取りつけられた時のことを、初音は覚えている。兄は七歳で、初音は五歳だった。「念願の我が家」と父が小鼻をぷっくりさせ、「よ、三十年ローン」と母が茶化した。

「表札取りつけの儀」とばかりにうやうやしく木製のそれを差し出す母の手つきと、受け取って釘を打つ父の誇らしげに紅潮した頬。

両親がローンを返し終わる「三十年後」は、初音にとっては遠い未来だった。リニアモーターカーがあたりまえに走っていると思っていた。ハイテクな世界に暮らす自分の姿を想像していた。たとえばスイッチひとつで音楽が流れるようなベビーカーに子どもをのせ、電子マネーで買いものをしている最中に携帯電話から飛び出した夫の立体映像に「遅くなるから夕飯はいらない」と言われる未来の自分。予想は二割当たって、八割外れた。

三十年の歳月を経て黒っぽく汚れた表札を見上げてから、インターホンを鳴らす。玄関の戸が開いて、母が顔をのぞかせた。

「ただいま」とも言わずに、美姫は家の中に入っていく。いつものことだ。ここは自分の家ではないから、それを言う必要はないと思っているのかもしれない。

「美姫ちゃん、しっかり手を洗いなさいよ」

その背中に声をかけてから、母が初音に向き直る。

「あがっていくでしょ」

「いかない。また明日」

美姫の通園バッグを押しつけて、背を向ける。保育園の送迎の「送」は美姫の祖母である母の役目だ。今年七十歳になる母にとって「送」も「迎」もひとりで、というのはたいへんな負担に感じられるらしく、美姫の叔母である初音が駆り出された。父は「仕事がある」という。本来面倒を見るべき、美姫の父親である初音の兄も「仕事がある」。そのひとことですべて説明できると思っている。

仕事なら初音にもある。彼らがそこのところをどう考えているのか、確認したことがない。初音にとっては彼らと会話するよりも、なにも訊かずに毎日仕事帰りに保育園に寄って生家まで送り届けるほうがはるかに楽なことだった。さいわいにもひとり暮らしのアパートは、生家とそう離れていない。

事情があって姪を保育園に迎えに行かなければならないんです。残業も、上司からのめんどうな誘いも、そのひとことで断ることができる。

ひとりになると、自転車がずいぶん軽く感じられる。うす赤く染まった西の空に、丸っこい灰色の雲が点々と浮かぶ。電線ごしに眺める雲は音符のようで、子どもの頃に習っていたピアノの教則本を思い出した。自分からやってみたいと言い出して通いはじめた教室だったが、先生はきびしくてこわかったし、練習はつまらなかった。三年ほどでやめてしまった。今では楽譜の読みかたも覚えていない。

私のお気に入り。声に出して言ったらすっきりと視界が晴れた。それだ。さっきの口笛の曲。

古い、古いミュージカル映画の歌だ。薔薇《ばら》をつたう雨だれだとか、子猫のひげだとか、自分の好きなものを列挙して、悲しい気分の時、私のお気に入りを思い浮かべると、ちょっと気分がましになるの、としめくくる。

同じように吹いてみようとしたが、ただヒョロヒョロと頼りない音が漏れただけだった。

会社の食堂の券売機の前で初音が取り落とした十円玉は円を描くようにして転がって、ピンクベージュの靴の爪先に当たってとまった。井上《いのうえ》さんが腰を屈めて、十円を拾い上げる。

「はい」

手のひらに十円玉を落とされる。靴と同じ色に塗られた爪の先が初音の皮膚を軽くひっかいた。

「ありがとうございます」

十円を券売機に落としていると、井上さんが背後に並んだ。

「めずらしいね、小宮さんが食堂に来るの」

寝坊してしまって、と答えながらカレーのボタンを押す。

いつもはお弁当を持ってきて、自分の机で食べる。井上さんは初音より二十年近く先輩で、斜め前の席に座っている。勤務年数は長いのになんの役職にもついていない。女だからね、と井上さんは理由にならないことを理由として挙げるけれども。

「わたしもカレーにしようかな。カレーって、人が食べてると食べたくなるよね」

カウンターで食券を差し出すと、すぐにカレーの皿がトレイに置かれた。

化粧品メーカーというものに、世間では強烈かつ典型的なイメージがあるようで、はじめて会った人に会社名を言うと「みんな派手なんじゃない？」とか「女ばっかりでドロドロしてるんじゃない？」と、かなりの確率で訊ねられる。けっしてそんなことはないのだが、あれはいったいどういうことなのだろう、とたまに井上さんと話すことがある。女だからかならずドロドロするなんてことはない。ドロドロした性分の者は一定数存在するが、性別は関係ない。

「ピンとこないね」

「きませんね」

あるいは我々が、と井上さんはその時言った。

「我々が経理部に所属していることがピンとこない原因なのかもしれない。宣伝や販売に携わる社員のあいだには熾烈な競争があるのかもしれない」

井上さんはたまに「我々」という人称を使う。耳にするたび、悪くない、という気分になる。初音には、いつ何時も私は私、と主張できるほどの強烈な自我の持ち合わせがない。井上さんの発する「我々」は初音の「個」としての輪郭を曖昧《あいまい》にしてくれる。「個」でないことは、孤独でない、ということだ。すくなくとも初音にとっては。

十三時を過ぎているせいか、食堂にはあまり人がいなかった。月末は普段より忙しい。経理部全員、昼休みに入るのが遅くなった。

会社の食堂のカレーは実家のカレーよりもずっとさらさらしている。砂浜を濡らす波のように、ごはんに染みて皿の底に沈んでいく。初音と違って毎日食堂を使う井上さんが言うには、スタッフの盛りつけにはムラがあるらしく、ごはんが多すぎたりカレーが多すぎたり、とにかくバランスが悪いらしい。今日は福神漬けが多めの日だったようで、皿の端に赤い小山ができていた。

ひとり暮らしの初音は、自分ではめったにカレーをつくらない。ひとりで食べきれる量をつくる方法ぐらい調べればいくらでも出てくるのだろうが、そこまでするぐらいならレトルトでじゅうぶんだと思ってしまう。さもなくばこうやって、外で食べたらいい。

「最近どう?」

カレーをひとくちぶんずつごはんと混ぜ合わせては口に入れる、という単純な動作の合間に、井上さんが曖昧な質問を発する。

「毎日、保育園に姪を『迎』してます。平日のルーティンにそれが組みこまれた、というだけのことで、もう慣れましたけど」

「ああ、言ってたね。お兄さん夫婦、たいへんだね」

口笛を、と言いかけてから、話すほどのことではないな、と思い直し口を噤《つぐ》む。だが井上さんの耳にはしっかりと届いていたらしい。「ん?　口笛を?」と、続きをうながす。

「口笛を聞いたんです、自転車に乗ってる時。それがすごくきれいな音で、どんな人が吹いているんだろうと気になったんですが、姿が見えませんでした」

「あら、そんなことが?」

カレーを食べ終えた井上さんはティッシュで丹念に口もとを拭い、スマートフォンをとりだした。動画サイトのアイコンをタップしてなにやら文字を打ちこみ、初音のほうに向ける。

「この人知ってる？　最近、人気あるみたい」

　さほど広くないステージの上で、若い男性がマイクの前に立っている。かたわらの女性の手回しのオルゴールにあわせて、男性が口笛を披露する。どういった種類のパフォーマンスであるのかは初音にはよくわからない。時折うつりこむ観客がうっとりと聞き入っている様子が井上さんの「人気あるみたい」という言葉に説得力を持たせる。動画のタイトルには口笛アーティスト云々《うんぬん》と書かれていた。

「小宮さんが聞いた口笛も、こんな人が吹いていてたらいいのにね」

　いかにも気持ちよさそうに口笛を吹く男性はすらりとして、ととのった顔立ちをしている。

「で、ロマンスとか芽生えたらいいのにね」

「なんですかそれ」

「出会い」というような言葉ではなく「ロマンス」という言葉をあえて選ぶところが、いかにも井上さんだった。

　にぎやかな声が近づいてきて、通りすぎていく。同じく遅めの昼休憩をとる社員のようだった。顔はわかるが名前はうろ覚えの、二十代の彼ら。男女あわせて四、五名、いつも同じメンバーでかたまっている印象がある。

いいねえ。井上さんが自分の子どもと言ってもおかしくないほどの年齢の彼らを見て呟く。いいねえ楽しそうで。いいねえ脳天気で。どちらにもとれるような、軽やかな口調だった。

ああはなりたくないよね。

いつだったか、彼らがそう言って笑っている現場に出くわしたことがある。たしかその日も初音は弁当がつくれずにしかたなく食堂に来ていた。彼らの視線はひとりで食事をしている井上さんに向けられていた。「ああ」が具体的に井上さんのなにを指すのか、積極的に知ろうとしなかった。だって初音と井上さんは「我々」だから。「ああ」の部分には、初音も含まれているはずだから。その日以来、なるべく食堂に近づかないようにしていたのだ。今日まで忘れていた。

ああはなりたくないよね、と思うことは初音にもある。初音が住んでいるアパート、メゾンふじなみの裏手にある松栄荘の一階に住む女性、信田《のぶた》よし江《え》を見かけた際などに。

メゾンふじなみは築三十年と古いながらも鉄骨造の四階建てであるが、松栄荘は木造二階建てだ。メゾンふじなみのせいで日当たりが悪い。四階の初音の部屋から見下ろすと、屋根の瓦が去年の台風で飛んだところにまだビニールシートがかかったままなのが見える。

メゾンふじなみと松栄荘をさえぎる細い路地には、自動販売機が三台ある。けして人通りの多い道ではない。なぜこの場所に置こうと考えたのだろうと、いつも不思議に思っている。

信田よし江は玄関の戸の前によくキャットフード入りの皿を置いている。初音が見たところ、そこで食事をとる猫は一匹ではない。白いのやら黒いのやらキジトラやらが複数出入りしている。すべて野良猫なのであろう。飼い猫ならば室内で食事をさせる。信田よし江が餌付けしているのだ。

おそらくひとり暮らしで、年齢は七十より上だろう。表札ではなく紙切れに「信田よし江」と書いてガムテープで玄関の戸にはりつけているので、名を知った。

信田よし江はよく自動販売機の下をのぞきこんだり、おつりの受取口をまさぐったりしている。なにもないと知るや、チッと舌打ちするのだった。

共同のゴミ捨て場にある雑誌の束を持ち帰ろうとしている現場に遭遇したこともある。けちくさい生活しやがって、とまでは思わない。いろんな人がいて、いろんな人生がある。それはわかる。ただいろんな人生があるという事実を受け入れるのと自分がそうなりたいと思うことはまったくべつの話だ。初音は信田よし江のようにはなりたくない。

自転車のペダルを勢いよく踏んで、保育園への道を急ぐ。月末の業務のせいで、いつもよりすこし退社が遅れた。

ほんの数名しか園児が残っていない部屋で、美姫はふくれっ面をしていた。

「遅い」

手をふりあげて初音をぶつような仕草をする。巨大な熊の顔面のアップリケがついたエプロンをつけた保育士が、今日の美姫の様子について教えてくれる。赤ちゃんクラスの園児に靴を履かせてあげたり同じクラスの男子の喧嘩を仲裁したりと八面六臂《はちめんろっぴ》の活躍をしたようだ。

自転車を走らせながら「やるね」とほめてやると、美姫はそっぽを向いて「初音ちゃんはどうしてけっこんしてないの」とぜんぜん関係ないことを言い出した。

「やるね、美姫ちゃん。うん、やるね」

初音も負けじと質問を無視した。

「ねー、どうしてけっこんしてないの」

初音は答えるかわりに、歌い出す。おにぎりに巻いた香ばしい海苔の香り。季節がかわってはじめて半袖を着た時のすうすうする感じ。柴犬のくるんとしたしっぽ。文字数が合わず、初音の『私のお気に入り』は音程もメロディーもめちゃくちゃな、ただのお経のようになってしまう。名曲をだいなしにしてしまったことに胸が痛んだ。

「どうして？」

「うーるーさーいー」

歌にのせて文句まで言ってしまった。信号待ちでちらりと見ると、美姫は不満そうに唇をとがらせて、足をばたつかせている。

生まれて四年しか経過していない人間に「結婚は『しなければならない』ものである」といった感覚が搭載されていることに驚きはするが、美姫の育った環境を思えば、当然とも言える。

部屋でひとり、夕飯がわりの筑前煮をつつきながらテレビのリモコンを手に取る。さきほど母から「筑前煮、つくりすぎたから持っていって」と渡された保存容器は二十センチ四方の大きなものだった。明日も明後日もこれを食べ続けることになりそうだ。

つぎつぎチャンネルを変えてみても見たい番組などなかった。電源を切って、テーブルの上のスマートフォンを引き寄せる。昼に井上さんから見せてもらった口笛アーティストの男性をもういちど見ようと思っていたのだが、くせになっているのか指が勝手にインスタグラムのアイコンをタップしてしまった。すでに何度も見た瑠璃香《るりか》さんのアカウントを確認するのも、くせの延長だろう。正方形の枠におさまった華やかな画像たちが、今日も初音の目をちかちかさせる。

テーブルにずらりと並ぶ手のこんだ料理。あるいは美しく装った複数名の女たち。最後の投稿はピアノを弾いている美姫だ。フリルがたくさんついたピンクのドレスを着て鍵盤に向かう姪の横顔は、真剣そのものだ。

『今日は娘の発表会でした。ミスはありましたが、私にとってはこの世でいちばん美しい音楽に聞こえました（親バカ）。先生にも良かったと言っていただき、うれしかったです』

このあとはドレスはどこそこの、靴はどこそこの、というブランド名がハッシュタグで列挙されている。

この他の投稿にもすべて、自分がどれほど娘をかわいいと思っているか、夫がどれほど素敵な人か、毎日の平穏な生活の中でどれほどささやかな幸せを感じているか、というようなことがもれなく記載されている。感謝、という言葉も頻出する。初音の兄との結婚式の画像もあるのだろうが、五年分も遡る気にはなれなかった。

兄と結婚した時、瑠璃香さんは二十四歳だった。披露宴の両親への手紙は「結婚後は家庭に入り、雅也《まさや》さんを支えたいです」という内容だった。年配の男性客からは感動したような声と拍手がおこり、初音の隣に座っていた従姉妹は「うへえ」というように顔をしかめていた。

兄が技術者として勤める会社は誰もがその名を知る企業で、稼ぎが良いと若くてきれいなお嫁さんをもらえるのだと親戚の人たちがはしゃいでいた。

年下の義姉ができた気分はどう？　披露宴のあいだ、初音は何度もそう訊かれた。兄の友人たちに。初音ちゃん、ついに小姑だね、いじめちゃだめだよ、などとも。

はあ、と曖昧に笑いながら、いったいなんと答えてほしいのだろうと思っていた。なんと答えれば、彼らは満足するのだろうと。

スマートフォンをテーブルに戻し、初音は目を閉じる。初音の知るこの世でいちばん美しい音楽は、かつての恋人がつま弾くギターの音色だった。

ギターは稲穂のような色をしていて、部屋に入ってくる西日が当たるとより深い秋の色になった。はじめて訪れたその部屋に宝物のように置かれていた。

「高校生の頃にちょっとやってたんだ。このあいだ実家で見かけてなつかしくなって、持ってきちゃった」

照れくさそうにギターを抱える恋人の隣に座って、弾いてみてくれとせがんだ。演奏は拙《つたな》かったが、聞いているとみょうに心地よかった。

華奢《きゃしゃ》な体つきに似合わず大きな手をしていた恋人は、会社の同僚でもあった。物静かで、人見知りで、でも一度仲良くなった相手とはよく喋った。

結婚とかはちょっと考えられないんだ、と初音に別れを告げ、それから一年も経たぬうちに結婚した。初音ではない女と。(君とは)結婚とかはちょっと考えられないんだ、という意味だったと知った。後から思い出してみると「あれもこれも」という感じで、ささいな行き違いや意見の相違など、いくつもの「違」があった。「違」の総決算としての別れだった。

とはいえ恋人といっしょに過ごした時間は楽しかった。だからその日々が終わってしまったことは残念だった。残念だったが、話し合ったうえで納得してお別れをしたのだから、その後に彼が他の人と結婚したことは初音にはもう関係のないことだった。義姉が年下であることも、初音の人生に大きな影響をおよぼすものではなかった。それでも他人は初音を、「かわいそうな人」と呼びたがる。

後方から服を引っぱられた衝撃で自転車がふらつく。歩道の端に自転車を寄せ、振り返った。

「あぶないから引っぱっちゃダメだよ」

内心、子どもの力の強さに驚いている。加減を知らぬ者はおそろしい。

「かえりたくない」

「え?」

「みきちゃん、かえりたくない」

俯《うつむ》いて、安全ベルトをいじっている。

「家で、なにかあった?」

いつも美姫を送り届けるだけで、初音は自分の両親がどのように彼女に接しているか知らない。

初音が小学生の頃、学校から帰ってくると母はたいてい台所にいた。足をクロスさせて立ち、野菜の皮を剥《む》く後ろ姿を覚えている。ランドセルを背負ったままとまわりつい て、その日の出来事を話した。母は「手を洗っておいで」「ランドセル置いてらっしゃい」と言いながらも笑顔で聞いてくれたが、ただ一度だけ初音がなにを話しかけてもむっつりと黙りこんでいたことがあった。お母さん、ねえ、お母さん、とエプロンを引っぱると、母は皿を拭く手をとめて、ふきんを初音の胸のあたりに投げつけた。自分が母を怒らせたらしいことはわかったが、なにが原因だったのかはわからなかった。

成人してから一度「あれってなんで怒ってたの」と訊ねたことがあるが、母はまったく覚えていなかった。

「そんなことあったっけ?」

「あったよ。忘れたの?」

「機嫌でも悪かったんじゃないの」

他人事のようにあっさり流されて、みょうに納得した覚えがある。そうか、親も人間だものな、と。いつも機嫌を一定の温度に保てるわけではない。皿ではなくふきんのほうを投げつけてきたのはとっさの理性だ。あの時の母には、初音に危害を加える意思はなかった。

でもそれは大人になったから理解できることだ。子どもの頃はひたすら大人の機嫌のばらつきに混乱していた。

なにかあった？　ともう一度問う。美姫は答えない。ふたたび自転車を漕ぎ出した。左折すれば実家に到着する交差点を直進し、メゾンふじなみに向かう。

「ここ、初音ちゃんの家？」

「そう」

美姫はぽかんと口を開けて、初音の部屋を見まわす。初音が刺繍《ししゅう》をしたクッションのカバーや、ひとつしかない椅子や、テレビの横に飾った人形や、そんなもののひとつひとつが美姫にはめずらしいようだった。いちいち「これなに？」「これは？」と手に取る。

「なにか飲む？」

「おみず」

「お水……？」

牛乳もあるよ、と言っても、美姫は首を横に振る。

「ふとるからだめ」

笑ってしまいそうになり、頬に力を入れる。

「太らないよ。美姫の年齢でそんなの気にしなくていいよ」

「みきちゃん、ふとってるもん」

「いや、太ってないよ」

不可思議なことを言う美姫に、初音はそれでもミネラルウォーターを注いで渡す。購入する際に「大きいのを買えば何度も注ぐ必要がない」と考えて選んだマグカップは、水を飲む美姫の顔をすっかり覆い隠してしまう。

テレビをつけて、子どもが好きそうなチャンネルをさがす。うまい具合に教育番組が流れていて、美姫はそれをじっと見ている。その隙にスマートフォンを手に取った。母が帰りが遅いことを心配しているかもしれない。

うちに寄りたいらしいので、連れてきてます。そう書き送ると、すぐに「はーい。今日はハンバーグだから、おかしとか食べさせないでね～（笑顔の顔文字）」という、脱力するほどのんきな返信が届く。

美姫の出生体重は、四キロ近かった。ガラス越しに新生児室をのぞいた時に、両脇の新生児にくらべてひとまわり大きく、堂々としていた。

食事がおいしいと評判の産婦人科で、瑠璃香さんの部屋は「特別室」だった。

あんたのアパートの部屋より広くて豪華だったよ、と先に見に行った母が言っていた。赤ん坊だけ見て帰ろうかと思ったが、その特別室の特別っぷりに興味が湧いた。

特別室のドアの前に立った時、中から声が聞こえてきた。ちょうど母が来ていたのだ。しきりに瑠璃香さんを「えらい」「がんばった」と褒めたたえる言葉に突然「初音も」

と自分の名前が登場して、ノックしようと持ち上げた手がとまった。

「初音もね、赤ちゃんを見て、ちょっとは結婚とかいろいろ、焦ってくれたらいいんだけど」

瑠璃香さんの返事は聞こえなかった。けれどもなにかフォローするようなことを言ったらしいとわかった。それにたいする母の言葉が「違うのよ、あの子はね、ほんとにぼんやりしてるから」だったから。

母の「焦ってくれたら」という願い。無邪気と言ってもいいほどの口調で発されたその願いを叶えてやれないことを、初音はもうしわけないとは思わなかった。思わないようにした。

「美姫は、太ってないよ」

美姫はテレビの画面に目を向けたまま「ふとってるよ」と繰り返す。

「みきちゃん、かわいくないもん」

「誰がそんなこと言ったの。まさか、おばあちゃん?」

「ほいくえんのこ」

同じクラスの某《なにがし》という女の子のようでないからかわいくない。男の子にそのように品評されたと、つたない言葉で美姫は説明する。憤慨するわけでもなく、悲嘆にくれるわけでもなく、淡々と。

「美姫はかわいいよ」

誰かのようでないことを理由に否定されている。たった四歳の女の子が。

いや年齢は関係ない。一度自分が思ったことを頭の中で否定した。何歳であっても、それはだめだ。

「美姫はかわいい。ほんとうにかわいいよ」

美姫がほしい言葉ではないのかもしれない。うまく届いていないかもしれない。それでも言おうと思った。何度でも。

カーテンを閉めずにいる窓の向こうの世界に、すこしずつ夜の色が混じり出す。初音は膝を抱えて、それを眺める。

ぺったりと紺色で塗りつぶしたような夜は、コンビニエンスストアやまだ稼働している近所の工場の明かりで底が白い。

「そろそろ帰ろう」

美姫はあきらかに気のすすまぬ様子で、それでも通園バッグをずるずると引き寄せる。

駐輪場から自転車を引っぱり出していると、あの口笛が聞こえてきた。初音は周囲をみまわして、音の出どころをさぐる。美姫もつられて、首を左右に動かしている。

「あれなに?」

「口笛」

近づいてくる。駐輪場から路地に飛び出した初音は、口笛を吹いている相手の姿を見た。

ロマンスとか芽生えたらいいのにねという井上さんの言葉を思い出して、ふっと笑いがもれる。口笛を吹いていたのは、松栄荘の一階に住んでいる信田よし江だった。

両手を後ろで組んで、ゆっくりゆっくり歩いてくる。唇をすぼめて、気持ちよさそうに、美しい旋律を生み出す。美姫がふしぎそうに目を見開いた。

「こんばんは」

初音が言うと、口笛が止まる。

「はい、こんばんは」

しゃがれた、低い声だった。腰につるした紐の先についた鍵で玄関の戸をがたがた言わせている。

「ねこちゃん」

美姫が呟く。信田よし江が帰宅すると同時に、松栄荘の脇から猫が現れた。ずっと待っていたかのように。はじめて見かける、白地に黒いぶち模様の痩せた猫だ。

「そうだよ、猫ちゃんだよ」

信田よし江は部屋の中に消え、まもなくキャットフードの小袋を手に戻ってきた。かすかな音を立てて、キャットフードが皿の中にこぼれる。

「ほら食べな」

猫が皿に近づいて、食べはじめる。言葉が通じてるみたい、と呟くと、それを聞きつけた信田よし江がにやっと唇の端を持ち上げる。

「わかってるよ、猫は。賢いんだから」

ねこちゃん、さわりたい。美姫がそう言って、初音の袖を引く。初音がなにか答える前に「それは猫に訊くことだよ、ママじゃなくてね」と信田よし江が口をはさんだ。

「このひと、ママじゃない」

頬をふくらます美姫に頓着することなく、信田よし江は「触られるのは猫だからね」と続ける。

「ねこちゃん、さわってもいい？」

猫はもちろん、可とも否とも言わない。ただ皿に顔をつっこんで食事を続けている。片方の耳の一部がカットされていて、手術済みと知る。

地域猫ってやつだよ、と信田よし江が教えてくれる。どっこらしょ、と大きな声で言って、玄関脇の小さな椅子に腰をおろした。

「地域猫、ですか」

おずおずと初音は復唱する。そういった取り組みがあることを知識として知ってはいたが、自分の住んでいる町にも存在するとは知らなかった。

このあたりの住民が餌やり、トイレなどの世話をし、これ以上増えることがないようにと不妊去勢手術を受けさせているのだという。それらの費用はすべて住民が負担している。

「だからお金がかかってしょうがない。あたしゃ毎日、節約節約よ」

自動販売機のおつりをくすねたりゴミを勝手に持ち帰るのを節約とは言わないと思ったが、もちろん口に出しはしなかった。

キャットフードを食べ終えた猫が、信田よし江の膝に飛びのる。

ふにんきょせいしゅじゅつ、とふしぎそうに呟く美姫に「子どもをつくらないようにすることだよ」と教えてやる。

「かわいそう」

かわいそう。そうかもしれない。そうではないかもしれない。初音は猫ではないから、答えられない。

ああはなりたくない。以前、たしかにそう思った。でも口笛をじょうずに吹ける信田よし江の猫をなでる手つきは、泣きたくなるぐらいにやさしい。

「ママにあいたい」

乗りこんだ自転車の後ろで、美姫が小さく呟く。唐突だとは思わなかった。彼女がいつもそう思っていることは、もちろん知っている。

「うん」

「あいたいの」

「うん」

会えないんだよ、とは言わなかった。言ってどうなる。ますます、会いたさが募るだけだろう。

瑠璃香さんは今、どうしているだろう。最後に会った彼女の、すっかりやつれてしまった横顔を、初音は思い浮かべる。

「瑠璃香をしばらく実家に帰すことにした」

兄がその話をしていた時の光景を、鮮明に覚えている。初音を生家に呼び出した兄は「ちょっと瑠璃香の調子が悪くてさ」と言った。不備のある商品を返品するかのように。

四人で囲むダイニングテーブルが、その日だけやけに小さく、窮屈に感じられた。両親はそろって下を向いていて、美姫は居間で、熊のぬいぐるみを抱いてこちらに背を向けていた。

すこし前から、瑠璃香さんは外に出られなくなったという。時にはベッドから起き出すことすら困難で、家の中が荒れ放題になった。美姫の世話もほとんど手につかず、保育園にもピアノの教室にも行けなくなった。

瑠璃香さんは、今は実家で暮らしている。誰とも会わずに一日のほとんどの時間を眠って過ごしているという。

彼女がそうなった経緯は誰にもわからない。心の骨折のようなものだから誰でもそうなる可能性はあると病院では説明されたらしいけれども。彼女のSNSを何度も眺めて、初音は見つけ出そうとする。彼女をそこまで追いつめたものの痕跡がそこにないかと目を凝らす。見つけ出してどうなるのかとも思う。

「瑠璃香さんは贅沢よね、ちょっと」

耳の奥で、母がため息まじりに吐いた言葉が再生される。

「稼ぎの良い旦那がいて、かわいい娘まで産まれて。女のしあわせをぜんぶ手に入れて、なにが気に入らなかったのかねえ、どうしてこんなことになったのかねえ」

首を振る母は心底「どうして」とふしぎがっていた。

初音は自転車をゆっくりと漕ぎ出す。いつものように。母の声に続いて、兄の声も聞こえてきた。

「お前、いい気味だと思ってるんだろ」

兄はひどく不機嫌そうだった。いらいらして、そのくせ、なにかに怯《おび》えるような目をしていた。

「お前の持ってないものをぜんぶ持ってる瑠璃香が、ほんとうはずっとうらやましかったんだろ」

それから「だからって、美姫にやつあたりするような真似はするなよな、子どもに罪はないんだから」と続けた。兄からそんなにも性格の悪い女だと思われているという事実に憤慨するよりも、なにかを持たざる者は持つ者を妬むはずだという、その思いこみの強固さに驚いた。そんな相手に自分の娘を預けてしまえることにたいしても。

自分にも、瑠璃香さんにも、美姫にも母にも、井上さんにも、おそらくはあの信田よし江にも、それぞれの苦しみがあり、痛みがあり、喜びが、願いがある。

しあわせとやらが一種類ではないことぐらい、わたしたちはもうちゃんと知っているはずだ、そうではないのか、と思いながら、初音はペダルを強く踏む。それなのにわたしたちは、「女の」しあわせから離れていく者に「どうして」「どうして」と問いかけてしまう。

それこそ「どうして」よね。いつか、瑠璃香さんとそんな話をしてみたい。

唇をすぼめて、息を吹き出す。やっぱりヒョロヒョロした音しか出ず、それでも前回よりはいくぶんましになっている気がして、そのことがペダルを踏む初音の足に力を与える。

対岸の叔父

川向こうに住む叔父は、親兄弟およびその子、他の親戚縁者のみならず、近所の人々からも嫌われている。「嫌われている」はさすがに言い過ぎかもしれないが確実に好かれてはいない。いつも遠巻きにチラチラ見られ、ヒソヒソ噂されている。

叔父の名はマレオという。希《まれ》な男と書いてマレオである。小学校から高校まで一緒だった人の証言によれば、授業中に突然奇声を発したり、中庭のコンクリートにチョークで奇怪かつ巨大な絵を描いて生徒の憩いの場を異空間に変えたり、休み時間には奇妙な踊り（本人はそれを「祈り」と呼んでいたらしい）を披露したりしていた。とにかく彼の行動をあらわす言葉のすべてに「奇」の文字が入る、そんな若者だった。

高校卒業後は就職も進学もせず、短期のアルバイトをしたりすぐクビになったりしながら、実家で奇天烈なオブジェの作製に勤しんだ。そんな生活を二十年以上続け、奇天烈な若者は奇天烈な中年になった。

ここは小さな町だ。過疎地というほどの田舎ではないが、人の出入りが少ない。小さな町には暮らしていくのに必要なものが揃っており、適度に静かで、ちょっと電車に乗ればば繁華街にも遊びに行けてしまう。そんな小さな町で、悪い意味で有名なマレオさん。そしてその身内であることは、恥とともに生きていくことを意味する。

血のつながりのある叔父ではない。ぼくの妻である映見《えみ》ちゃんのお父さんの、年の離れた弟なのだ。ぼくは彼をマレオさんと呼ぶが、映見ちゃんおよびその両親は、めったなことでは彼の名を口にしない。ひとたびその名を呼べば災いが降りかかる、とばかりに「今日、『マ』のやつが……」、「また『マ』のせいで近所の人に文句言われた」と彼の話題になるといつも眉をひそめ、沈痛な面持《おもも》ちになる。

ぜんぜん関係ないけど、この「面持ち」という言葉、すくなくともぼくは「沈痛な」とセットでしか使ったことがないのだが、他の人はどうなのだろうか。面持ちは「おもち」に似ている。こんなかわいらしい言葉が字面が重い「沈痛」をのっけていると、こちらはちょっと心配になってしまう。

「あんた、マレオのとこのアレだろ」

沈痛と面持ちのマッチングについて考えながらボックスティッシュの品出しをしていると、背後から声をかけられた。

「はい」

マスクをしていると、表情が伝わりづらい。せいいっぱい目尻をさげて朗《ほが》らかな声を出すよう、気をつけている。ぼくが店長をつとめている『ホームセンター　サンフラワー』は地域密着型が売りの店だ。接客態度はていねい過ぎず、かといってくだけ過ぎないことが肝要だ。

声をかけてきたのは七十代とおぼしき男性だった。名前は知らないが、顔は覚えている。よくこのホームセンターに来ているから。ちょっと探せば見つかる売り場も、かならず店員に声をかけて案内させる。なんでもいいから誰かと会話したいのかもしれない。

今日はペンチはどこにあるかと訊かれた。

「こちらです」

数歩前を歩きながら案内するぼくに、お客さんは「さっき、マレオのやつ河川敷で職務質問されてたんだよ」と話しかけてくる。

「そうなんですか?」

「座ってただけなんだけどな」

お客さんはクヒヒ、と笑い声を立てる。

「いかにもあやしく見えたんでしょうね」

相槌を打ちながら、マレオさんは「座ってただけ」ではないだろうと思った。おそらくは「見ていた」のだ。空に浮かぶ雲のかたちを、木漏れ日の色合いを、川の水面のゆらめきをスケッチするために。美しいもの、醜いもの、切実なもの、のびやかなもの、ありとあらゆるものの一瞬の輝きを切り取るために、マレオさんはスケッチブックに鉛筆を走らせる。

　ぼくがマレオさんにはじめて会ったのは中学一年生の時で、その時もスケッチブックを小脇に抱えていた。その日、ぼくは放課後に塾に向かう途中でいきなり他校の三年生四人に囲まれ、小銭を巻き上げられそうになった。その時たまたま通りかかったのがマレオさんだったのだ。猛然と近づいてきたので助けてくれるのかと思ったら、ぼくと四人の周囲をぐるぐるまわりながらスケッチをはじめた。なにこの人？　カツアゲの現場の証拠を残そうとしてる？　じゃあ携帯で写真撮れば良くない？　法廷画家かなんかなの？　動揺するぼくに負けず劣らず、四人も困惑していた。なんだよおっさん、とすごんでも、マレオさんの耳には届かないようだった。

　彼らはしらけた様子で去っていき、あとにはマレオさんとぼくだけが残された。

「追いつめられた生きものってのは美しいな」

　見せられたスケッチブックには、恐怖で歪んだぼくの顔がリアルタッチで描かれており、ぼくは「どこが？」とひたすら困惑するしかなかった。その時はまだマレオさんの名も、同じクラスの映見ちゃんの叔父だということも知らなかった。

　お客さんの話がマレオさんの話から駅前の交番の話にうつり、市の健康診断の話になった。ペンチが並ぶ棚の前についてもまだ話が続いていた。こういうなにげない会話の端々に地元住民のニーズ、つまり仕入のヒントが隠されていたりするものなので、しっかり聞いておく。

「いっぱいあるなあ」

お客さんが途方にくれたようにペンチを見上げる。なにをつくるんですか、と問うと「罠」とのことだった。

「罠……ですか」

「ヌートリアをつかまえる」

ヌートリア。そういう動物がいることはもちろん知っているが、どんな姿だったか、思い出せない。針金を曲げてこうやってこう、と罠のつくりかたを解説してくれるが、ぼくの想像の中で「ヌートリア」はなぜかジュゴンの姿になる。脳内を縦横無尽に泳ぎ回るジュゴンをとらえようと焦っているあいだに、お客さんはいちばん安いペンチを選んでレジに向かっていった。

「ねえ岸部《きしべ》さん、ヌートリアってどんな動物かパッと思い浮かぶ？」

バックヤードに入るなり、バイトの岸部さんにそう声をかけた。え、と声を上げた唇の端に米粒が付着している。

岸部さんは「ええ、まあ」と頷いて、手の中に四分の一ほど残っていたおにぎりを口の中にほうりこむ。店舗の奥の細長い空間には窓がない。従業員用のロッカーや事務机、昼食をとるための長テーブルとパイプ椅子、その他雑然と積まれた段ボールなどが押しこまれている。うっかりすると段ボールの上にのせたものが落ちてくるので、腰を落として慎重に横歩きで進む。長テーブルの真ん中に陣取っていた岸部さんが椅子をずらして、ぼくのためのスペースを空けてくれた。

岸部さんの昼食はおにぎりひとつだけのようだ。それだけで足りるの、と言いそうになって、ぎりぎりのところで呑みこむ。自分が学生の頃、そういうことを言われるのがいちばんめんどくさかったじゃないか。長年柔道をやっていたという岸部さんは、がっしりとした肩と腕を持ち、ぼくよりもずっと力持ちで、なおかつ働き者である。園芸用の砂の品出しなんかも、ほうっておくと「ここはわたしがやりますから、店長はさがっててて」と、どんどん仕事を済ませてしまう。

そろそろ就職活動をはじめる頃だろう。岸部さんが辞めたら困るんだけどなあといつも思うのだが、「ずっとここにいてくれないかな」などとは言うまい。そんなのって、店長のくせにバイトに頼り過ぎだと思うから。

かつて、ぼくも岸部さん同様、大学生アルバイトだった。地味なキャンパスライフを経て、パッとしない就職活動の最中に当時の店長に「きみがいなくなると困るんだよう」と迫られ、なんだかんだで社員になった。ここに就職したことを後悔はしていないが、自分が岸部さんに同じことをしてはいけない気がする。

「このへんの川にもいますよね、ヌートリア」

「え、そうなの？」

町のことならなんでも知っておきたいのに、そんなのぜんぜん気づかなかった。弁当の包みを広げながら片手にスマホを持ち、「ヌートリア　画像」と検索する。まるっこいネズミみたいな、愛らしい動物が出てきた。

「わ、かわいい。カピバラみたい」

「カピバラは知ってるんですね、店長」

「うん。動物園で見たんだ」

去年、映見ちゃんとふたりで行った。思い出すのは「いっぱい糞が落ちてる」「動物が遠い」「シンプルに臭い」とひとしきり騒いだのちに「子どもがいたら、もっと楽しめるのかな」と呟いた映見ちゃんの横顔。「すぐじゃなくてもいいけど」「そのうち欲しいよね」と言い合っているうちに結婚して五年が過ぎた。

「そのお弁当って、店長の奥さんがつくってるんですか」

岸部さんの視線がぼくのお弁当に注がれている。

「いや、妻も仕事してるし、毎朝自分でつめてるよ」

つくってる、と言わなかったのは、たいした弁当じゃないからだ。昨日の夕飯ののこりの肉じゃがと冷凍食品のシューマイ。栄養バランスや彩りについてはとくに気にしていない。映見ちゃんは市外の総合病院の受付で働いている。毎日ではないが残業もあるし、家事は分担しようと結婚前から話し合って決めていた。

十分で昼食を済ませ、売り場に戻ってパートの須賀《すが》さんと交替しなければならない。せわしなく箸を動かしていると事務机の上の電話がなった。腰を浮かせようとするぼくを手で制し、すばやい横歩きで移動し電話をとった岸部さんは「はいホームセンターサンフラワーです……はい、あー、はい、あっはい」と無表情で応答したのち「店長、フレディ・マーキュリーさんからお電話です」と受話器をぼくに向けた。

「岸部さん、マーキュリーさんは故人だよ」

「知ってます。でも、そう名乗ってきたんで」

そんなあからさまな偽名をつかう人間はぼくの周囲にはひとりしかいない。

「お電話かわりました、マレオさんですか?」

「わかるか?」

わかるに決まっている。マレオさんの声は人の声というよりは金属音に近い。特徴がありすぎるのだ。以前たまたまパートの須賀さんがマレオさんからの電話に出てしまい、ぼくに取り次がずに切ってしまったことがあった。それ以来マレオさんは偽名を使って電話をかけてくるのだが、たぶん声でばれると思う。

「ペンキを持ってきてくれ！　明日！　ぜったい明日だ、明後日はだめだ、いいな！」

マレオさんはペンキの品番を叫び、いきなり電話を切った。


映見ちゃんから、床に倒れ伏したうさぎのスタンプとともに「今日ご飯作るのむり」というメッセージが届いていた。「了解　弁当買って帰る」と返信し、店を出る。

ぼくも映見ちゃんも料理が好きなわけではないし、味や素材に格別のこだわりもないので夕飯の用意がめんどうな時はスーパーの惣菜や弁当で済ませる。

映見ちゃんとは、同じ中学の同級生だった。ぼくが通っていた小学校は少人数だったので一クラス二十数名程度だったが、中学になると一気に人数が増え、一クラス四十五人になった。映見ちゃんは川向こうの学区の小学校出身だった。

クラスの男女比はおよそ半々で、「クラスの女子ランキング」で、映見ちゃんは十六位だった。誰が書いたのか知らないが、ルーズリーフ一枚にまとめられ、まわし読みされていた。

ちなみに男子のランキングもあった。一位がぶっちぎりで玉城《たまき》くんという野球部の男子であることは知っていたが、ぼく自身の順位はたしかめていないのでいまだに不明だ。低いであろう、ということは予想がついた。

帰宅すると、映見ちゃんはダイニングテーブルに肘をついてお茶のようなものを飲んでいた。わざわざマグカップをのぞきこんでなかみを確かめるほどの興味はないので、そんな言いかたになる。のようなもの。

映見ちゃんはぼくが買って来たチキン南蛮弁当に「うわ、こんなカロリーの高そうなものを……」と難色を示したが、食べないとは言わなかった。

弁当をつつきながら、ぼくの足元にベテラン刑事のような鋭い視線を走らせる。

「なんでペンキなんか買って来たの？」

「あ、これはマレオさんに頼まれて。明日休みだから、届けてくる」

「また？　なんで史《ふみ》くんがあんなのにそこまでしてあげなきゃいけないの」

映見ちゃんが憤然と割りばしを置く。

「しょうがないよ。だってマレオさんはうちの店には入れないんだから」

「あんなの」が叔父で、今までどれほど恥ずかしくまた肩身の狭い思いをしたか。映見ちゃんがそれを語りはじめると長い。ぼくは適当にうんうんと頷きながらチキン南蛮を咀嚼《そしゃく》し、飲み下す行為を楽しんだ。甘酢とタルタルソースの組み合わせ、なにものにも代えがたい。

マレオさんが『ホームセンター　サンフラワー』に入店禁止になったのは、去年店内でおこした「スプラッシュファンタ事件」がきっかけだった。ぼくだって入店禁止になんかしたくなかったけど、被害者となったパートの須賀さんの怒りを宥《なだ》めるためには他に方法がなかった。

そのかわりオブジェ制作に必要な材料や鉛筆なんかはぜんぶぼくが買って届けますから、と約束したところ、マレオさんはあっさりと「雇われ店長も大変だな！　わかったよ！」と納得してくれた。変わっているが、話のわからない人ではない。

須賀さんはマレオさんの中学の同級生だ。ぼくと映見ちゃんと同じパターンだが、あちらはとんでもなく仲が悪い。というか、須賀さんが一方的にマレオさんのことを「変人、気持ち悪い」と忌み嫌っているだけなのだが。須賀さんは「舅《しゅうと》が町内会長」という事実を錦の御旗かなにかのように思っているふしがあり、なにかというと「お義父《とう》さんがこう言ってた」「お義父さんはどう思うかな」と口にするような人だ。ここ数年、マレオさんは自宅の庭に巨大な塔のオブジェを作製している。町内会長はその塔が「町の美観を損ねる」と、たいへんご立腹であるらしい。

川向こうの家には塀も門扉もない。道路に面した広めの庭にオブジェがドーンである。美観を損ねまくっている。オブジェの存在感があり過ぎるせいで、はじめてそこを通りかかった人は庭の奥に家があることに気づかない。「広場かなにかかと思った」と、ふらふら迷いこんできてしまった人もいる。

町内会長が苦情を言いにいくたび、マレオさんは罵声を浴びせるなどして追い返す。その顚末《てんまつ》を町内会長が周囲の人に言いふらして、またマレオさんは嫌われてしまう。

「ちょっと、ねえ聞いてんの？　あのね、あいつは大林家《おおばやし》の寄生虫なの、存在自体が呪いなの」

映見ちゃんが怒っているので「傾聴しております」とばかりに背筋を伸ばした。

マレオさんは成人してからも自分の両親からおこづかいをもらい続け、両親亡きあとは兄、つまり映見ちゃんの父におこづかいをもらうようになった。映見ちゃんは小さい頃に「芸術に投資しろ」とお年玉を巻き上げられたことや、気に入っていた食器を「作品の材料にする」と言って粉々にされたことをいまだに根に持っている。結婚してから三十回以上これらの話を聞いた。

実家で「マ」と住んでいた頃はほんとうに嫌だったという話の途中で映見ちゃんの上体がくにゃりとし、テーブルに伏した。喋りつかれてしまったのだろうか。

「でも今は平和。史くんと結婚して、わたしとてもしあわせ」

「ぼくもだよ」

「ああ、もうこのまま寝たいな」

「だめだよ、そんなの」

ちゃんとお風呂に入りなさい、と浴室に押しこんだ。しばらくすると、シャワーの音に混じって鼻歌が聞こえてきた。ほらね。お風呂って異常にめんどくさいけど、いざ入ってみるとすごく気持ちいいものなのだ。

川向こうの家を建てたのは、映見ちゃんの祖父にあたる人だ。その家で義父が生まれ、マレオさんが生まれた。義父が結婚し、映見ちゃんが生まれた。

映見ちゃんがぼくと結婚したあと、映見ちゃんの両親は家をマレオさんに譲り、中古のマンションを買った。長らく「居候」と呼ばれていたマレオさんは、今はひとりでその家に住んでいる。義父は「マ」などと呼んでいるわりに、けっこうマレオさんに甘い。年の離れた弟だから、なんだかんだでかわいいのかもしれない。

翌日に訪ねていくと、マレオさんは庭でのこぎりをつかっていた。作業用のツナギの上だけ脱いで、腰のところで袖をぎゅっと結んでいる。あちこち穴が開いたペンキの染みだらけのTシャツの下の胸板はがっしりと厚い。死んでもジムとか行かなそうなタイプなのに。たまにやっている日払いの肉体労働のバイトのおかげだろうか。それとも芸術活動というのは、存外筋力を要するものなのだろうか。ぼくなんかどんなに筋トレをがんばってもチーズ鱈《たら》の鱈の部分のように薄っぺらい胸板のままだ。

曲がりくねった鉄の棒が、もつれた毛糸のように何本も複雑にからみあい、時に分岐しながら天にむかって伸びている。マレオさんの作っている塔は木のようでもあり、未知の生命体のようでもある。全長三メートルほどだろうか。塔の枝分かれした部分には、豚、象、犬などの動物がいる。あるものはたよりなくぶら下がり、あるものはしっかりっていたが、と四肢をからめている。箱舟から投げ出された動物たちが空を目指して塔をよじのぼっているのだ、と説明された時には「ほう、なるほど」と答えたが、あらためて考えるとぜんぜん意味がわからない。それどういう状況？

「ペンキ、持ってきました」

声をかけたが反応はない。マレオさんは木の板に足をかけて一心不乱にのこぎりを当てている。いつものことだ。その脇を通り過ぎ、庭の隅のベンチに腰掛けて気づいてくれるのを待った。ベンチもマレオさんのお手製で、座面が三十度ほど下に傾いているので、懸命に足を踏ん張っていないとずり落ちてしまう。

踏ん張りながら、持参した緑茶を飲んだ。水出しの緑茶は太陽の下で見ると初夏の森のように深い色をしていて、透明のボトルを振ってみると、底のほうで茶葉のかけらがらせんを描くように舞った。映見ちゃんは緑茶を飲まない。「身体を冷やすから良くないのよ」といつも言う。そのあとに「冷えると妊娠しにくいっていうから」とぼくに聞こえるか聞こえないかぐらいの音量で付け足すのも毎度のことだ。

「史、いつからそこにいたんだ」

マレオさんの声は驚くとより金属音に近づく。

「ずっといました」

「そうか」

「動物、増えましたね」

オブジェを指さすと、マレオさんは腰に手を当てて上体を反らす。

「ヌートリアはいないんですね」

「見たことないから」

「あそこの川にいるみたいですよ」

「らしいな」

しかしマレオさんは、まだ実物に遭遇できないという。

「見かけたら教えてくれ」

ぼくは「わかりました」と答えながら、庭の奥の家に目をやる。『大林』の表札がかかった砂色の壁、灰色の瓦屋根、ごく一般的な日本家屋なのに、この庭から見ていると家のほうがへんなものに見えてくるからふしぎだ。ふしぎだ、と首を傾げていると、いきなり玄関の戸が開いた。

「あ。うす」

戸を開けて出てきた人物は、ぼくに向かってかすかに頭を動かす。もしかしたら会釈のつもりかもしれないが、とてもそうは見えなかった。

「こんにちは」

ぼくは挨拶しながら、「そうか、ペンキじゃなくてこっちがぼくを呼んだほんとうの理由だったのか」とようやく理解した。

まだぼくの年齢の半分ぐらいなのに、身長はぼくよりよほど大きいのだな、と感心しながら、無言で隣を歩く仲樹《のぶき》くんを見上げる。人は名づけられたその意味の通りに育っていくものなのだろうか。マレオさんも希な男なんて名づけられたからあんなふうになったんだろうか。

仲樹くんは高校一年生だから、まだまだ身長が伸びる可能性がある。すくなくともマレオさんはそう思っているらしい。ぼくの手のひらに千円札をねじ込みながら「あいつに飯、食わせてやってくれ」と告げた。ほら食べ盛りってやつだろ、と、そのへんの大人みたいなことを、いかにも言い慣れてなさそうに。父親っぽいことをしようとするとすぐぎこちなくなる。

仲樹くんはマレオさんの息子だ。普段は母親であるすゞ子《こ》さんとふたり暮らしをしている。すゞ子さんはバー、ネイルサロン、美容室を経営する、この町ではまあまあ有名な実業家だ。なにを思ったかマレオさんとごく短い恋をして、ひとりで仲樹くんを産んだ。結婚しなかったのはマレオさんを「およそ夫にも父親にも向かぬ男」と判断したからだという。ひとりで育てるほうがずっとうまくいく、と。さすが実業家、賢明かつ潔い。

けっして不仲というわけではないようだが、すゞ子さんがマレオさんに会いにくることはめったにない。商売が忙しいのかもしれない。その代わりみたいに、時折こうして伸樹くんを寄こす。伸樹くんはマレオさんのことを「よくわからない人」と呼び、あまり口をきかない。マレオさんも伸樹くんを避けている。どう接していいのかわからないのだ。誰にたいしても傍若無人にふるまうくせに実の息子にたいしてはやたらおたおたして、すぐにぼくを呼び出す。

橋を渡る直前、伸樹くんは一度だけ後方を振り返って「あの人の、昼飯は」とかなんとか言いかけたが、すぐに黙ってしまった。あとは橋を渡り切るまで、首を伸ばして下をのぞいていた。ぼくもつられてのぞきこんだが、そこには川があるばかりだ。沈黙に耐え切れず「いやあ、川だね」と言いそうになったが、あまりにも間が抜けているので呑みこんだ。

それにしても千円ってなあ、と手のひらを広げてため息をついた。千円で「食べ盛り」の人間になにを食べさせろというのか。無茶なことを言う人だ。

「あそこに入ろうか?」

数メートル先に見えたオレンジ色の看板を指さす。あそこは以前『大衆食堂　ますの』という店だったが、数年前に経営者が変わったのか、食堂というよりはちょっとおしゃれなカフェ風に改装されて、メニューにも「ロコモコ丼」とか「タコライス」とか、そういった料理が並んでいた。映見ちゃんとふたりで入った時、おいしいけど量が多いな、と思った記憶がある。伸樹くんは「あ」と呟き、五秒ほど間を空けて「うす」と頷いた。

店に入ってぼくが「窓際の席でいい?」と訊いても、看板と同じ色のエプロンをつけた店員さんに「本日のランチプレートはクリスピーチキンとサラダです」と説明されても、返事はずっと「あ。うす」だった。まったく会話が発展しない。

「えっと、伸樹くんはたしか、野球部に入ってるんだったよね」

店員さんがあまりにも勢いよくテーブルに置いたせいでグラスからこぼれた水を紙ナプキンで拭きながら訊ねると、伸樹くんの眉がぴくりと動いた。なにを質問してもほとんど変わらなかった表情が、ここにきてはじめて変化した。

「あ。やめた。野球」

「……そうなんだ」

また会話が途切れてしまう。

「じゃあ今は、どんなふうに家で過ごしてるの? 漫画とか読む? 最近の高校生にはどういうのが人気なのかな」

「あ。漫画……読まないっす」

漫画の読みかたがよくわからないと言う。そういう人もいるらしいと知識として知ってはいたが、実際に会うのははじめてだ。コマを右から左に読み進めていくんだよ、と説明しても、要領を得ない様子で首を傾げる。だめだ、ぼくの話題の抽斗《ひきだし》はすでに空っぽだ。途方に暮れたが、仲樹くんのほうは会話が途切れたことにほっとした様子に見えた。慣れない相手と無理してつまらない会話を続けるぐらいなら、黙っているほうがよほど楽だということか。

ならば静かにしていよう。椅子に背中を預けて、こっそり仲樹くんを観察する。彫りの深い顔立ちは、マレオさんにもすゞ子さんにもまったく似ていない。しいて言えば、同級生だった玉城くんに似ている。かっこいい男子ランキング一位の玉城くん。

映見ちゃんは玉城くんのファンだった。いつも教室で目があったとかなんとか言って、友だちとキャーキャー騒いでいた。

遠足の時や体育祭の時に「玉城くんの写真撮ってきて」と、よくデジカメを渡された。自分で撮りにいくのが恥ずかしかったらしい。玉城くんは慣れっこの様子で「いいけど？」とポーズを決めていた。

いろんなイベントごとに撮影していて知ったが、玉城くんにはお気に入りの角度があった。不意打ちで写真を撮られることを嫌がっていた。いつも鏡の前で研究していたのかもしれない。どの写真も同じ顔で写っているのに、映見ちゃんは毎回「かっこいいぃぃ」と大喜びだった。

バレンタインデーにはチョコレートをたくさんもらっていた玉城くん。甘いものが苦手だからという理由で、他の男子に横流ししていた。

「史、お前も食えよ」

なぜか友人でもないぼくにまで声がかかり、机の上にピンク色の小箱が置かれた。「玉城くんへ。がんばって作ったので食べてください。大林映見」と書かれたカードが入っていた。

「玉城くんがもらったものだろ」

ぼくは返そうとしたが、玉城くんは「俺、同級生の女興味ないし」と笑った。

「手作りとか気持ち悪いし」

がたん、と廊下で音がして、みんなそっちを見た。映見ちゃんが鞄を落とした音だった。血の気を失った顔で後ずさりした映見ちゃんはそのまま走り去ってしまい、玉城くんたちは「あー」「やべー」と笑い合った。

ぼくは映見ちゃんを追いかけて走った。片方の手にチョコレートを持ち、もう片方の手で映見ちゃんが落としていった鞄を抱えて。

映見ちゃんは、下駄箱の前でしゃがみこんでいた。肩が震えて、泣いているみたいだった。ぼくと、ぼくの手の中にあるものに気づいて、顔を伏せた。

「捨てて、それ」

「もったいないし、お腹空いたから食べてもいい？」

返事はなかったけど、ぼくは小箱のお菓子を口に入れた。おそらくチョコクッキーなのだろうが、岩石かな？　と思うぐらいの歯ごたえだった。舌の上に広がる苦みはカカオ由来のものではなく、あきらかに表面の焦げによるものだった。口腔《こうくう》内の水分が奪われ、舌がサハラ砂漠の砂のように乾いた。でもぜんぶ食べなきゃいけない気がして、次から次へと押しこんだ。ふいに映見ちゃんが顔を上げ、ぼくを見るなり「ほっぺた、ぱんぱん」と吹き出した。その拍子に零れ落ちた透明な雫《しずく》を見た時、はっきりと「玉城くんは馬鹿だ」と思った。こんな美しい瞬間を見逃すなんて、馬鹿の極みだ。

ぼくのランチプレートと、伸樹くんのロコモコ丼が運ばれてきた。両手を合わせて「あ。えと、いただき、ます」と呟く伸樹くんに、うんうん、と頷いてみせる。いい子なんだよな、伸樹くんは。ぼくは「いただきます」と「ごちそうさま」が言える子はそれだけでみんないい子だと思ってしまう。

玉城くんに似ているけれども馬鹿の極みでもないし、背が高くてしかも性格の良い伸樹くんの未来にはなんの障害もない。ただ歩いていくだけで、つぎつぎとチャンスのドアが勝手に開くような、そんな人生が待っているのに違いない。

「うん。いただきます。食べよう」

ぼくも両手を合わせた時、ドアベルがけたたましく鳴った。髪を短く刈った男子生徒数名が、にぎやかに入ってくる。いずれも陽に焼けていて、身体つきはたくましい。

「あれ、仲樹だ」

「ほんとだ」

「おーい、仲樹ー」

遠くから声をかけてくるが、ぼくに遠慮でもしているのか、近づいてはこない。仲樹くんが軽く頭を下げると、彼らは素早く視線を交わし、ごく短く笑った、ように見えた。大きな声でなにか話しながら、奥のテーブルに陣取る。

あれ友だち？　と訊こうとしてやめた。スプーンを持つ仲樹くんの手がかすかに震えているのに気がついたから。


仲樹くんはそれからすごい勢いで料理を口につめこみはじめた。奥のテーブルの彼らは会話の合間に、何度もこちらに視線を寄こす。

もう出ようか、と耳打ちしたけど、もったいないから、と首を横に振る。それでも仲樹くんの「一刻もはやくここから立ち去りたい」という思いが伝わってきて、ぼくも急いで食べた。

彼らと仲樹くんのあいだになにがあったのかはまったく知らないが、男の集団のやっかいさというものはぼくもそれなりに知っているつもりだった。彼らはいったん「自分たちの仲間ではない」と判断した相手には容赦なく冷笑を浴びせる。冷笑を浴びせることによって、彼らの結束はよりいっそう強くなるのだ。自分はけっして嗤《わら》われる側に行くまいと気をひきしめ、誰かにあらたな冷笑を向ける隙を見つけることに躍起《やっき》になる。

店を出て「来たのとは違う道で帰ろうか」と声をかけると、仲樹くんはなにも言わずついてきた。川沿いの遊歩道を選んで歩いた。

土手は視界を遮るものが何もない。川向こうにはマレオさんの塔の先端が見えている。先端だけでもすでに景観を損ねており、そりゃ町内会長も文句言いに来るよなと納得してしまう。

「あ」

仲樹くんが声を上げ、川を指さした。

「ヌートリア」

「うそ、どこどこ」

噂のヌートリアがついにその姿を現した。どうして今まで遭遇する機会がなかったんだろうと思うぐらい、いっぱいいる。三匹まで数えたが、彼らの動きがあまりにもはやいのでじきに数えるのをやめた。音もなく泳ぎ回ったかと思えば、水に潜り姿を消す。しばらくして顔を出したヌートリアは、両手（いや前足?）いっぱいに水草を抱えていた。

やっぱりかわいい。仕草がヌーとしてるからヌートリアなんだろうか。いやまさか。ヌートリアの動きに合わせて、仲樹くんの頭も左右に動く。それがおもしろくて横目で観察していたが、次第にぼくもヌートリアに夢中になった。なんと静かな泳ぎっぷりだろう。なんと器用に両手（いや前足？）を使うのだろう。

「かわいいけどあれ、害獣なんだよね」

仲樹くんが「ガイ、ジュウ」とぎこちなく繰り返す。意味がわからないのかもしれない。

「害をもたらす動物のこと。畑を荒らしたり、人間を襲ったりする」

「あいつ、人間襲うんですか」

仲樹くんがびっくりしたように目を丸くしている。

「いや、ヌートリアはさすがに人間は襲わないけど、草とか川の貝とかいっぱい食べちゃうから生態系が壊れるんだって。ぼくも昨日調べて知った」

「……駆除、されるんですか」

「そうだね。そうなるね」

仲樹くんはよほどヌートリアが気になるらしく、どんどん川岸に近づいていく。あぶないので「このへんに座ろうよ」と袖を引いて、川岸に腰をおろした。

マレオさんに「今、ヌートリアいます」とメッセージを送る。しばらく眺めていると、土手の上にマレオさんが現れた。ものすごい勢いで斜面を駆けおり、首を伸ばしてヌートリアを目で追っている。スケッチブックをめくり、鉛筆を走らせはじめた。

「あの人、なにしてるんですか」

「あれは、スケッチだね。オブジェにヌートリアを加えたいんだと思うよ」

「写真撮ればいいのに」

写真を撮るとじゅうぶん見た気になっちゃうだろ、それじゃあダメなんだ、とはマレオさんの言葉だ。

「前から思ってたけど、法廷画家みたいだよね」

伸樹くんは「法廷画家」がなんなのかわからないようだった。怪訝《けげん》そうに首を傾げながら、しかし聞き流すことに決めたらしい。「あの人ぐらい自由だと」と対岸のマレオさんを顎でしゃくる。

「生きていくの、楽かな」

「それは、どうだろうね」

スプラッシュファンタ事件の記憶がよみがえった。

店にやってきたマレオさんに、須賀さんがしつこく絡んだせいでおこった事件だった。ぼくもその場にいたわけじゃない。岸部さんの証言によると、須賀さんは店にやってきたマレオさんに「あんたさあ、いい年して芸術がどうとか馬鹿じゃないの、ただの無職じゃないの、いい加減にしなさいよ」としつこく絡んでいたらしい。マレオさんはしばらく黙って聞いていたが、とつぜん手に持っていたファンタ グレープのペットボトルを振りはじめ、須賀さんに向かって噴射した。溢れ出る泡があたりいったいを紫色に染めたという。後ろの棚の商品にもかかって、べたべたになって掃除をするのがたいへんだった。

マレオさんのとった行動はけっして正しいとは言えない。子どもじみた感情の爆発。正しくないけど、間違ってもいないんじゃないだろうか。だってマレオさんはそんなふうにしか生きられない人だと思うから。

「自由に見える人は、まわりが思うより自由ではないかもしれないね」

伸樹くんはしばらくヌートリアを目で追っていたが、やがて息を吐いた。川面に落としたら小石みたいに沈んでいきそうなぐらい、重たいため息だった。

「……さっきの人たち、野球部の先輩で」

野球部には女子マネージャーが二人いる。彼女たちのことを、彼らは陰で「かわいいほうとかわいくないほう」と呼んでいた。

「みんなが、それを笑いながら言うのがなんか嫌で。一緒になって笑わないと空気読めないやつみたいに扱われるのも嫌で、ぜんぶ嫌で、それでやめた」

ほんとうに嫌で、今も嫌で、と繰り返す伸樹くんの横顔を眺めながら、ぼくは「そうか」と呟くことしかできなかった。

「やめる時も、なんでなんでってしつこく訊かれて、正直に話したらお前もしかしてあいつが好きなのかとか、あいつとやれるかとかわけわかんないこと言われて、そうやってすぐ恋愛みたいな話に持っていくの意味がわからないし、だから」

「そうか、うん。そうか」

頷きながら、ぼくはひそかに自分を恥じた。過去の自分を。あのランキングが書かれたルーズリーフは、破り捨てられるべきものだった。「人の外見にランク付けなどするな」と、怒らなければならなかったのだ。あの教室にいた誰かが。誰か。たとえば、ぼくが。

ぼくはただ頷くことしかできずに、草の上の、仲樹くんのぐっと握りこまれたこぶしを見ている。ぼくみたいな目立たない人間でも、マレオさんみたいな変わり者でも、仲樹くんみたいな男の子でも、だから生きやすいとか、自由だなんてありえないのに、さっきそう思ってしまいそうになった。人生になんの障害もない、なんて、決めつけようとしていた。

「ねえ、あれ」

恥という名の水たまりからなかなか足を引っこ抜けないぼくの腕を、仲樹くんが勢いよく摑んで揺さぶった。はっとして顔を上げると、対岸で町内会長がマレオさんに話しかけているのが見えた。いやあれは話しかけている、なんていう穏当なものじゃない。今にも噛みつかんばかりに吠えている。

またオブジェの件で怒られているのかもしれない。しかしマレオさんも負けじとなにか言い返す。その声はかろうじて聞こえるが、なにを言っているかまではわからない。

「たぶん、もめてるね」

「もめてます」

町内会長がマレオさんの腕を摑む。ぼくははっと息を呑んだ。仲樹くんもまた。しかしマレオさんがその腕を振り払って駆け出した。

「あ、逃げてるね」

「逃げてます」

おじさんのくせに、マレオさんは足が速い。みるみるうちに、その姿が遠ざかる。町内会長は必死に追う。仲樹くんが立ち上がり、ぼくもそれに倣《なら》った。対岸の彼らを追って走り出した。雑草で足が滑ってひどく走りにくい。十メートルも行かぬうちに息が切れ、横腹が尖った棒で突かれたみたいに痛む。マレオさんと町内会長の差がぐんぐん開いていく。ぼくはなんとか対岸の町内会長を追い抜いたが、マレオさんにも仲樹くんにも追いつけそうにない。前方から風にのって、「ははっ」という声が聞こえてきた。仲樹くんが、今日はじめて笑っている。

「お父さん！」

仲樹くんが大きな声で叫ぶ。マレオさんが仲樹くんのほうを見た。

「逃げて！」

ぼくの目にうつるマレオさんの姿はもうとうに小さくなっていて、どんな表情で息子の声援を受け止めたのかはわからない。でも、大きく腕を上げて応じたのが見えた。

横腹を押さえ、懸命に呼吸を整えながら、川を挟んで走り続けるマレオさんと仲樹くんを見送った。後方を振り返ると、対岸ではうなだれた町内会長がくやしそうに自分の太腿を叩いている。

逃げろマレオさん。仲樹くんも。残った力を振り絞って叫ぶ。誰も辿りつけない場所まで、走れ。マレオさんは止まらない。仲樹くんもまた。いつのまにか逃げることよりも走ること自体が目的になってしまったような、ひたむきな速度を保って駆け続ける彼らに、ぼくはせいいっぱいの声援をおくり続けた。

解説

森川すいめい

草児へ

きみの声をきいて、「そのまんまでいいんだよ」「きみらしく生きたらいいよ」なんてありきたりな言葉をぼくは遠くへ投げ捨てた。

この言葉たちがきみのありのままを大事にしようとするように見えていたのだけれど、結局はきみの時間を止めようとしているかここまでのきみを否定しているって思って反省したから。

きみのナラティヴを邪魔しないように、でもね、ぼくがどうしてきみを大好きなのかは言葉にしたい。

ぼくは幼少のころからの人生のいくつもの分岐点をはっきりと覚えている。ただうれしくてはしゃいだこと、褒められたくて自慢したこと、怖くて嘘をついたこと。

それらはぼくを、しあわせにはしなかった。必ずその次には、それがやってくるから。それとは、強い者や集団からの、かれらの正義による矯正《きょうせい》だ。

ぼくは少しずつ言葉を閉じていった。彼らの様子を見ながら、これ以上ぼくのほうへ矢印が向かないように慎重に、小さな歩幅で流れていく時間を歩んだ。ぼくはぼくなりに、張り詰めた日常の中で生き延びるための経験とスキルを蓄積《ちくせき》していった。

そんな日々のなかで、ぼくには好きなこともあった。空想の物語を創造してその世界で勇者になる。仲間や好きな人と過ごしかれらと共に悪を倒しその世界を救う。それは寝る前にだけ行くことができる異世界で、時代背景、使えるアイテム、登場人物の身分、設定は自由自在。好きな子とただ遊んでいるだけの世界もあれば、仙人のような師匠の下で身体を鍛《きた》え武器の使い方を覚え最前線で戦うこともあった。

18歳になってぼくは家から出ることになった。父親はぼくに医学部に行ってほしいと思っていた。だけどぼくの通った高校の大学進学率は1％くらい。医学部など入れるはずがなかった。ぼくは浪人するのだと思ったけれど、両親が用意したのは医学部以外の大学の願書だった。

大学生活が始まってようやく、ぼくは自由になったのだと気付く。好きなように生き、たくさん遊んだ。クラブで踊り、歌い、飲み、カフェで一人静かに本を読む。あの日がくるまでは。

1995年1月17日、上に細長い白い鉄筋のアパートにはヒビが入り、部屋の中の一人用の冷蔵庫は1メートル以上動いてぼくの背より少し高い本棚は倒れた。テレビをつけると大変なことになっていた。

1月24日、部屋に避難してきた芦屋の友人と、その日電車が通ったこちら側からの最先端にある芦屋市に行く。おにぎりや物資と、そしてその時に身に着けていた、大学で学んだ鍼灸スキルを持って。

それから半年間、ぼくは無我夢中でひとに指圧し、ときに鍼や灸を使いながら、身体の声をきいた。それからそれがそのまま仕事になった。少しだけ子どもの頃の夢の世界を実現しながら。ぼくは焦げ茶色の作務衣を着て、下駄を履き冬も裸足のまま長い髪を束ねて街を闊歩する。陰陽五行と呼吸、瞑想、大量の本を読み、玄米菜食、100日間の1日1食玄米のみという修行を終える頃には、ハトがぼくの足に向かって飛んできてしばらく膝の上で留まる。それはまるで、子どものころに夜な夜な訪れた異世界と現実の間。

でも、2年が過ぎたころに限界がやってくる。末期のがんを患う高齢の痩《や》せた男性がぼくの場所を頼ってきた。もちろん何の役にも立てなかった。ぼくはほとんど絶縁状態だった父親の下へ行って丸坊主にした頭を下げた。父親の願いとぼくとの唯一残された医学部という接点。父親は喜んで協力してくれた。

だけれど、大学にはぼくが学びたかったことはなかった。全力だったから、そこで心がポキッと折れた。部屋に閉じこもり大学も行けなくなって父親に呼び出された。また何か言われるのではないかと身構えつつ重くなった身体とこころを引きずりながら会いに行ったぼくに、目の前のかれは「旅に出なさい」と言った。ぼくの見ている世界が狭すぎるという見解をその少し前にきいていたからたぶんその延長だったのだろう。ぼくはすべてのことが本の中に書いてあると思っていたから、旅に出る提案には気乗りがしなかった。

ところが世界は美しかった。ベルギーの有名な小便小僧は信じられないくらい小さくて、チェコの町の中心にあった広場は本当に広くて、そこで寝そべってさらに広い空を見た。言葉にならない感情が込み上げてくる。同世代の、1か月とか数か月とか1年とか旅をしている人たちと言葉を交わしながら、かけがえのない時間が過ぎていく。そのあとはアジアに行き、アフリカに行った。世界はひろくて、ぼくは小さい。

「ぼくは小さくていいんだ」と知った。

ぼくは大きく強くならなければならないと思っていたのだと、もうひとつの小さくていいという世界を知って気づく。小さいころのぼくにはわからなかったことの答え。

２０１１年3月11日。ぼくはすぐに現地に入った。精神科医であることがきっと助けになると願い。でも、情景を詳細に書くことができないほどのその世界に身を置いたとき、ぼくは自分が何もできない存在なのだと知った。1か月が過ぎたころに個室で話をきく場を与えられた。ぼくは力になれたらと思って話をきく。だけれどそこには、戻らない過去、愛する人との時間があった。それまでの学びは何の役にも立たず、話をききながらぼくは、涙があふれ出るのを必死にこらえなければならなかった。

それでいったん東京に戻った。ぼくは真っ暗にした部屋の端っこにあるソファーの上に身を横たえ、小さくうずくまった。存分にこころを沈めて泣きたいだけ泣いた。


そんなある日、ぼくは岡檀《おかまゆみ》さんに出会う。

岡さんは、「自殺希少地域」というものがあると言った。自殺の原因に関する調査では力になれることはあまりなかった。岡さんは逆側を見てと言う。自殺で亡くなる人の少ない地域がある。そこでは、近所づきあいは「あいさつ・立ち話程度」。逆に、自殺で亡くなる人の多い地域では、近所づきあいは緊密と答える人の割合が高くなる。ぼくにとっては衝撃だった。

ぼくはすぐに現地に行った。何かある。そこではいちいちぼくに衝撃を与えることばかり起きた。勝手に人の家に入ってトイレを借りたり、捕ってきた魚を置いていったり、声をかけるといきなり悩みを2時間も話す人がいたり。そこで聞いた話のいくらかは、今まで知っていたこととあべこべだった。「みんなやっているからやる」みたいなことは起こらなくて、各々が好きなように生きる。点で交わったり離れたり。会話をよく聞いていているとなんだかぜんぜん交わっていない。お互いに話を聞いているのかいないのか、ただ、話したいことを話している様子。「傾聴」って言葉はどこへ行った？　ちゃんと話を聞く。悪口も少ない。そんな地域なんじゃないかというぼくの空想のイメージはあっという間に消えていく。

その謎がわからなくて、それから12年以上、ぼくは毎年そういう地域に足を運んでいる。

旅の途中で、希少地域に数年住んでいてもうすぐこの島から出ていくという青年と会話する。この島にどんないいことがあったのかと知りたくて。

青年からはこの島のいいところに関する話は出てこなかった。「この島の人たちは、人の話をきかない」と言った。どうきかないのか、青年は事細かに事例をあげながら説明してくれた。要約すると共感とか協調とかそういうのがないということのようだった。だけどぼくはピンときた。

「そうか、ひとの話をきかないんだ」って。

ぼくたちは、生まれてすぐに、自分と世界が交通することを知る。世界と応答しながら見知らぬことに興味津々になって、興味が先に動いて身体が後からついていく。ぼくたちはどろんこで遊びたいし、水たまりでジャンプしたいし、地べたで寝転がっていたい。

でも、ぼくが子どものころに生きていた世界では、ぼくの外側に強い力があった。正義の力だ。その正義には、どうやら社会規範という名前がついていた。その規範に親も影響を受けていた。学校も地域に住む人たちも行政で働く人たちも。互いに正義の力で監視して、弱いものはさらに弱いものを叩く。規範から外れる人を、個人の力で、または集団のパワーで変容させようとした。

ぼくの自由な世界はいつも、正義によって矯正されてきた。だからぼくは言葉を失い、ぼくが何を好きだったのかが分からなくなって、スキルを身に着けていくほかなかった。

そう、この島では、そのスキルはいらない。

ぼくはやっと気づいたんだ、それがどういうことなのか。

草児、きみの生きる世界は、どうだい？

（精神科医、鍼灸師）

文春文庫

タイムマシンに乗《の》れないぼくたち

定価はカバーに
表示してあります

2025年2月10日　第1刷

著　者　寺《てら》地《ち》はるな
発行者　大沼貴之
発行所　株式会社 文藝春秋

東京都千代田区紀尾井町3-23　〒102-8008
TEL 03・3265・1211㈹
文藝春秋ホームページ　https://www.bunshun.co.jp

落丁、乱丁本は、お手数ですが小社製作部宛お送り下さい。送料小社負担でお取替致します。

印刷・萩原印刷　製本・加藤製本

Printed in Japan
ISBN978-4-16-792331-0